JN070623

ときどき女装するシングルパパが
娘ふたりを育てながら考える
家族、愛、性のことなど

仙田学

WAVE出版

はじめに

親になることが不安だった。

自分には背負いきれないほどの重荷を背負わなければならなくなるような気がしていた。立派な大人でなければ、子育てなんてできないんじゃないかと。

それは、たとえば楽器を何も弾けない人がいきなりステージに立たされて、ピアノの演奏をさせられるようなものではないか。知識も経験もないことに挑戦しなければならず、失敗は許されない。まるで悪い夢でも見ているかのような、不安でいっぱいだった。

子どもが生まれて七年が経つが、私が立派な人間になった気配はない。

いちかばちかでステージに立ちピアノを弾くようにして、無我夢中で日々を過ごしてきた。

子育てのやり方を、私たちはどこで習うのだろう？

意識的にせよ無意識的にせよ、まず参考にするのは自分が親からどう育てられたか、ではないだろうか。親との関係が良好で、大切に育てられたと思っていれば、自分の子どもにも同じように接したくなるだろう。そうでなければ、親にしてもらったこととは逆のことをしたくなるのではないか。私の場合は後者だった。

両親は私を大切に育てようとしてくれていたと思える。特に経済面では不自由を感じたことがなかった。だが、「心から愛されている」と実感したこともなかった。父親の持つ価値観とは違う価値観を見つけなければ、という焦りに振り回されていたのはそのせいだろう。自分なりの価値観を見つけて、それを父親に認めてほしくて仕方がなかったのだ。

女装を趣味にしたのも、そのためだった。

もともと女の子に間違われることの多かった私は、レディースの服を着て街歩きを楽しんだり、スカートを穿いて大学に通ったりしていた。誰かに「可愛い」と言われるたびに、自分には人に肯定されたり、愛されたりする価値がある、と思いこもうとした。

だが、漠然とした焦りは消えなかった。

その焦りがおさまったのは、二十七歳のときに文芸誌の新人賞を受賞して、小説家としてデビューしてからだ。ようやく、自分なりの価値観を見つけることができた、しかもそれを通して社会と繋がることができた……私は大きな安心感に包まれた。だが、それは愛されている、という感覚とはまた別のものだった。

さらに十年ほどが経ち、三十五歳で結婚した。五年ほどの同棲を経た後だったので生活は変わらなかったが、元妻や義理の家族と、これから家族を作っていくんだなと実感した。

そして三十七歳のときに、初めての子どもが生まれた。

出産に立ち会い、生まれたばかりの子どもを抱っこしたときに、「なんて可愛いんだろう」と驚いた。子どもがいる男性の友達何人かから、「男性は女性に比べて親としての実感を持てるようになるまでに時間がかかる」「歩いたり喋ったりできるようになってようやく可愛いと思えるようになってきた」と聞いていたが、私は生まれた瞬間から可愛いと思った。

それまで穴の開いたバケツのように、何を入れても埋まらなかった気持ちが埋まったようだった。というより、穴は開いたままなのに、バケツの容量を遥かに超える大きなエネルギーの波のようなものが流れこんでくるので、空になっている暇がない。

言い換えればそれは「愛されている」という実感だった。

子どもは親のことを無条件に、全力で愛してくれる。その愛に触れているうちに、私は気がついた。子どもが生まれるまで「心から愛されている」と実感したことのなかった私は、自分のことを好きではないまま生きてきたのだと。むしろ、嫌いで嫌いでたまらなかった。親になることが不安だったのもそのせいだったのかもしれない。

だが親になることは、そうした不安とは全く関係がなかった。

立派な人間でなくても親になれるし、特に知識や経験が必要なわけでもなかった。愛を与えてくれるからこそ、こちらからも惜しみなく愛を与えることができる。そんな循環に図らずも巻きこまれてしまうことが、私にとって「親になる」ということだった。

さらに親になって五年後に、私は離婚した。

単なる親から、いわゆる「シングルファーザー」に変わったのだ。三組にひと組が離婚すると言われている昨今においても、まだまだシングル家庭は充分に社会的な認知をされているとはいいがたい、いわばマイノリティな存在だ。なかでもシングルファーザーの数は、シングルマザーの約七分の一とされている。さらに女装癖があって小説家でもあるシングルファーザーとなると、日本人では私くらいしかいないかもしれない。マイノリティのなかのマイノリティだ。

そんな私だからこそ、まだまだ母親中心、女性中心の子育ての現場で日々を送っているうちに、夫婦で子育てしていたときや、子どもがいなかった頃には見えていなかったことが見えてくるようになった。とりわけ家族とは、愛とは何なのか、父親として娘を育てるうえで性についてどんな認識を持っていればいいのか、等については考える機会が多かった。

本書では、ふたりの娘を育てる女装が趣味のシングルファーザーとして、それらについて考えたことやしたことを書いていきたい。

ときどき女装するシングルパパが
娘ふたりを育てながら考える
家族、愛、性のことなど

もくじ

装画
モニョチタポミチ

装丁
木庭貴信＋川名亜実
（オクターヴ）

校正
株式会社ぷれす

協力
アップルシード・エージェンシー

第一章
娘ふたりとの生活

娘ふたりとの生活の始まり

離婚して子どもたちを引き取ることになり、私は二十年近く住んでいた東京から、実家のある京都市に引っ越した。そして実家からほど近いところにある両親の持ち家を借りて、子どもたちと三人暮らしを始めた。

平日の朝は七時に起きて、子どもたちを起こしてトイレに行かせ、着替えをしているあいだに味噌汁を作り、ご飯をよそう。ご飯を食べている子どもたちの背後に回って、手早く髪を結ぶのも習慣になっている。

女装をするとき、私はいつもストレートヘアのウィッグをつける。女性の髪形は、ごてごて巻いてあったり結んであったりするものよりも、ストレートがいちばんだと思うからだ。ところが子どもの髪形は、なぜか結んであるもののほうが可愛く思える。娘たちの友達に会うたびに、頭をよく見てどう結んであるのかを観察するのが癖になり、そのうち自分でもやってみるようになった。

慣れないうちは難しく、夕方に子どもたちを迎えに行くとふたりともぼっさぼさの頭で現れて笑いそうになった。それでも何回も動画を見ながら練習した甲斐があって、最近では編み込みもうまくできるようになり、保育園の先生から「お父さん髪くくんのどんどんパワーアップしてるやん！」と褒めてもらえるほどになった。ちなみに関西弁では結ぶことを「くくる」という。うまくくくれるようになってくると楽しくなり、いまではほぼ毎朝くくっている。

だが子どもにはあまり喜ばれない。じっとしているのが嫌いなようだし、どれだけ可愛い髪形になっても自分の頭を肉眼で見ることはできないからだろう。

「くくらんでいいねん。痛いねん」

「ええやん。ちょっとくくらしてえな」

みたいな攻防を毎朝繰り広げている。

髪形がきまったところで眠気が抜けてきてふざけだすふたりを急かして、長女にランドセルを背負わせる。登校班の集合場所まで、長女を連れて送りに行くのは、一年生の後半あたりからとても気恥ずかしくなった。他の一年生の保護者たちも最初はついてきていたが、数ヶ月もすれば誰も来なくなったから。それでも私は、子どもたちのいろんな表情を一秒でも多く目に焼きつけておきたいと、運動会でビデオを回すときのような気持ちで毎朝付き添っている。

子どもに母乳を飲ませるのをやめるときの母親の気持ちも、これに近いのかもしれない。「卒乳」「断乳」と呼ばれるその時期については、一歳になる頃が妥当だとか、子ども自身が求めるなら小学生になっても飲ませるべきだとか、さまざまな考え方があるらしい。どの時期が最適なのかは、子ども目線で考えてそれぞれの親が決めるしかないだろう。決めた後に、たぶん親自身の思いが湧いてくる。

――泣き喚いているわが子からおっぱいを取り上げるのはかわいそう。

――わが子と、もう少し長く密接に関わっていたい。

そんな思いを抱えながら、母親はその時期を過ごすのではないだろうか。こればかりは、出産を経験していない私にはわからないことだ。乳児期の子どもとの関係性において、私は元妻とのあいだに、それまでになく大きな性差を感じた。

子どもが生まれて一、二年間ほど、元妻と私は「女」「男」という、自分ではどうにもできないものに引き裂かれているかのように、コミュニケーションがうまく取れなかった。おそらく彼女には、乳児という分身のような存在がいたからだろう。言葉を話せないどころか意思表示も曖昧にしかできないので、母親は懸命にその意思を代弁しようとする。

だが父親にとって乳児は分身ではなく対象として感じられる。「自分の一部のような存在のお腹が空いている」と感じる母親と、「もしかするとお腹が空いているのかもな」と考える父親とのあいだにはどうしても温度差がでてくるだろう。

ともあれ私の子どもたちも、一歳になってすぐの頃におっぱいから離れた。その後も折に触れて、子どもを親から離れさせなければならない機会はやってきた。たとえば、これはまだ離婚する前のことだが、初めて保育園に行かせたときに子どもたちは元妻や私との別れ際に泣き喚き、それを見て私も涙を流した。私の不安に気がついたのか、当時の担任の保育士さんがこんな言葉をかけてくれた。

——離れているあいだに、お父さんが心配するとそれがお子さんに伝わります。だからお子さんを信じて、笑顔で別れてあげてくださいね。

親離れ、子離れをする機会はこれから何度もでてくるだろう。そのたびにこの言葉を思いだしたい。

長女を見送ってから一旦家に帰ると、八時過ぎになっている。ここから一時間ほど、次女は暇を持て余す。弁当やコップなどをカバンにしまって保育園の準備を済ませてから、絵本を読んだりテレビを観たりして過ごすのだが、そのあいだに私が二度寝をするときもあり、起きると心底暇そうにしているのだ。

「なあなあパパ、くまちぃって知ってる？」

「知らん」

「ヤバいやん。ファントミ観られへんでパパ」

ファントミとは、「ひみつ×戦士　ファントミラージュ！」という子ども向けのドラマの略称だ。

「知らんやんそんなん」

「くまちぃって、くまのぬいぐるみで、喋るねん」

「じゃあ、うちにあるくまのぬいぐるみが喋ったらどうする？」

「怖い」

そんなどうでもいい会話をしているうちにテンションが下がり、グズりだす次女を急かして五分ほど歩き、保育園まで送る。寄り集まってくる子どもたちとひとしきりお喋りをしてから私は家に帰る。

打ち合わせや取材などのない日には、その後はひたすらパソコンの前に座って文章を書く。行き詰まると、洗い物や洗濯や掃除をしたり、スーパーまで買い物に行ったり。昼食にはだいたい、卵をふたつ使った目玉焼きとソーセージを食べる。毎日食べても飽きないし、メニューが決まっていると迷うこともないからだ。

十七時過ぎになると学童保育所まで長女を迎えに行き、帰り道にある保育園で次女と合流する。家に帰ってから二十一時半頃までが、子育てのコアタイムだ。まず荷物の片づけをさせてから、長女の宿題の丸つけをして直すところがあればやらせる。それから子どもたちがテレビを観たり本を読んだりしてくつろいでいるあいだに、三十分ほどかけて夕食の準備をする。

子どもたちと向かいあわせに座り、その日あったことを話しながらゆっくり食べていると、たちまち二十時近くになる。たまに「パパの料理どれも美味しいから大好き」と言ってくれることがあり、そんなときには「ありがとう」と頭を撫でる。

ご飯の後には三人で風呂に入り、歯磨きをさせてトイレに行かせ、絵本を一、二冊読み聞かせてから寝かしつける。絵本は二週間ごとに二十冊ずつ、母親に頼んで図書館から無作為に借りてきてもらっているので、少なく見積もっても二年間で延べ九百冊以上は読んでいることになる。

絵本だけでなく、マンガを読み聞かせることもある。単行本を開いて子どもたちのほうに向けながら、横から覗きこむようにしてセリフを読んでいく。私が子どもの頃に読んでいた、藤子不二雄の『ドラえもん』『忍者ハットリくん』『パーマン』『エスパー魔美』などを実家から持ってきて、毎晩一話ずつ読み聞かせた。最近になって私が好きになった、押見修造の『悪の華』や『僕は麻理のなか』なども、子どもたちが興味を持ったので読み聞かせた。

子どもたちの寝息が聞こえだす二十二時頃に、私は布団からでて、洗い物や洗濯をしたり、仕事の続きをしたりしてから、一時頃には床に就く。平日の十七時過ぎから二十一時半頃までのコアタイムは、毎日あっという間に過ぎていく。ご飯とお風呂のあいだにちょっと休憩してスマホを触ったりしていると、たちまち十分、二十分とずれていくので、つねに時計を見て次にすることをイメージしながら動かなければならない。

子どもたちはふたりとも、お風呂で髪や体を洗ったり、ドライヤーで乾かしたり、うんちの後にお尻を拭いたりできるようになったので、数年前に比べるとかなり楽にはなった。それでも隙あらば遊びだすので、なかなかスケジュール通りに進まないことも多く、「早くしなさい」が口癖になってしまった。

結婚していたときには、私は会社勤めをしていて家に帰るのが二十時過ぎだったので、平日は主に元妻が子どもの世話をしていた。週末は必ず四人で過ごしていたが、子どもを急かしたことはほとんどなかった。強い口調で子どもをたしなめている元妻に文句を言ったこともあったくらいなのに、いまの私はその頃の元妻と同じような接し方をしているときがある。

子どもたちが寝てから仕事をしているときに、自己嫌悪に陥ることもある。そんなときには、スマホのカメラロールを遡る。ご飯を食べているとき、遊んでいるとき、習い事をしているとき、寝ているとき……そして生まれたばかりの頃。そんな子どもたちの顔を見ていると、あんなに怒ってごめんなと思う。元妻もこんな気持ちだったんだろうなと。

子どもを育てる手の数が半分になってからは、飛んでくる球を果てしなく打ち続けるように、目の前のことに追われるだけの日々が続いている。そのときどきの感情も、こうして書きつけたりでもしておかないかぎり、すぐに流れて消えてしまうのだ。

幼稚園と保育園、どっちのほうが子どもに合う？

京都に引っ越したばかりの頃、子どもたちは五歳と三歳だったので、私はまず保育園を探すことにした。家から歩いて五分ほどのところに小さな保育園があることは知っていたので見学に行った。三十年前からある保育園で、木造の園舎も備品も古びて風格がある。教室も園庭もホールも小さかったが、不思議とそのなかにいると気持ちが和らいだ。

さらに興味を引かれたのが、この保育園では一年じゅう半袖半ズボン、裸足で過ごしてもらう、と園長先生が仰ったこと。真冬はさすがに半袖の上に薄長袖を重ねてスニーカーを履くが、下は半ズボンらしい。免疫力を高めて体を丈夫にするためとのことだが、実際に園庭を薄着で走り回っている園児たちの笑顔は、とても自然で伸び伸びとしていた。

京都市内とはいえ市街地から離れていて、あたりには田んぼと畑と山と川しかない。

そののどかな風景をバックに半ズボンの子どもたちが楽しそうに遊んでいる姿に、私は何ともいえない安心感を抱いた。

――こういうところで見てもらえば、子どもは守られる気がする。

直観的にそう思ったのだ。

翌日には役所に行って、空き状況を調べた。ところが二月の頭ということもあり、定員に空きはなく、三月にまた次年度の申請をすることにした。東京にいた頃は吉祥寺に住んでいたので、保育園の入所申請は宝くじを買うようなものだった。ちょっと遠くの園まで視野に入れて第三志望まで書いてもどこも通らず、長女が三歳のときに武蔵村山市に引っ越してようやく入れることができたが、それでも第三志望のところだった。

京都市はその当時、五年間連続で待機児童ゼロを謳っていたので、四月には入所できるだろうと踏んだ。そして、それまでは幼稚園に通わせることにした。

その幼稚園は、見学に行ったときにピンとくるものがなかった。広くてきれいで遊具も立派だったが、「ここに通わせたい」と強く感じなかったのだ。でもそんなことは言っていられない。まだ手のかかる子どもたちを見ながら仕事をすることは難しいし、子どもたちも誰とも会わず家のなかや近所だけで過ごすことにストレスを感じているようだったから。

年中と未就園児にあたるふたりを連れて行ける場所は限られている。児童館やそれに類した施設に来ているのは生後間もない赤ちゃんから二歳くらいまでの子どもたちなのだ。遊びの種類が違うし、ふたりはすぐに飽きてしまう。真冬の時期なので、公園で長時間遊ぶことはできないし、屋内で遊べる場所が近くにはほとんどなかった。なにより、友達との関わりのないなかでずっと家で過ごさせることがかわいそうだった。とりあえず、もうどこでもいいから通わせたい、と私は焦っていた。

幼稚園の場合は、保育園とは違い、役所を通さなくてもその施設が認めれば即日から通わせることができる。見学に行ったその日に入園手続きをしたのだが、利用料の高さにびっくりした。入園料が六万円に、制服や体操服、お道具箱などの備品代が七万円。月々の利用料が三万七千円に、給食費が三千円かかり、行事があるとそのぶんの経費がプラスされる。

たとえば入園した二月には生活発表会があった。生活発表会とは、それぞれのクラスごとに一ヶ月間ほど歌や芝居の練習をして、そのお披露目をするというイベントだ。長女の入った年中組は、ももたろうの劇をすることになっていたのだが、練習の後半に差しかかるタイミングだったため、長女は練習に参加できず、その時間はいつも後ろで見学していたらしい。にもかかわらず、生活発表会を観に行っても行かなくてもひとり千八百円が徴収されるという。会場費や衣装代にお金がかかるからだと説明を受けた。

当日、子どもたちと一緒に生活発表会を観に行った。ふだんは映画上映会やコンサートなどに使われている、数百人規模のホールが会場になっていた。観客席でお互いに離れて座る保護者やきょうだいたちの前で、舞台に立った子どもたちはヒップホップダンスを踊り、豪華な衣装を着て立派なセットの前で長いセリフを流ちょうに喋った。年長組はミュージカル「アニー」を演じたが、申し訳ないが観ていても内容がいっさい頭に入ってこなかった。

セリフも歌も踊りもばっちりなのに、伝わってくるものがあまりない。心からやりたいと思っていないからじゃないだろうか、と考えた。立派な舞台じゃなくても、適当なセットや衣装でも、子どもたちが笑顔で生き生きと演じていれば、それだけで最高の発表会になるのにな、と。

もちろん、年長組には知っている子が全くいないし、子どもを入れて二週間ほどしか経っていない幼稚園にも思い入れがない。ましてや自分の子どもたちが参加していないのだから、強い興味を持って観ることはそもそも難しい。

この幼稚園は私の子どもたちには合わないな、と感じた。お迎えに行くと、可愛い制服と制帽に身を包んだ子どもたちが玄関に現れるのだが、ふたりとも硬い表情を浮かべていた。二ヶ月通っているあいだ、ふたりとも友達らしき友達ができなかった。それどころか、他の子の名前もろくに覚えていない。送迎時には玄関先で子どもの受け渡しをするので、私自身も他にどんな子がいるのかがよくわからないし、保護者との交流もいっさいなかった。子どもたちが幼稚園でどう過ごしているのかも、子どもたちや先生から聞く範囲のことしかわからなかった。

ようやく園のなかの様子を知ることができたのは、授業参観日のときだった。

教室には小学校のように机が並べられていて、先生の指示でみんなが同じ作業をしている。子どもたちの表情はずいぶんこわばって緊張しているように見えた。

幼稚園から帰ってから、長女が癇癪（かんしゃく）を起こすこともあった。はっきりした理由もなく、大声で泣き喚いたり暴れたりする。そんなとき、私は子どもたちを連れてすぐ近くの公園に行った。真冬の夕方の公園で、私たちは黙々と遊んだ。ヒョウ柄のもふもふしたコートを着て耳付きのフードを被った長女はブランコに乗って、押して！　と私に叫んだ。

――もっと強く押して！

と長女は何度も叫んだ。ヒョウ柄のちっちゃい体が、薄暗くなりかけた空に浮かんでは沈み、また浮かんでは沈んだ。

三月の後半になって申請をだすと、見学に行った保育園に入れることが決まった。あの、ほっとするような雰囲気の保育園に通わせられる、と思うと安心した。経済面の違いも大きかった。保育料と給食費をあわせても、幼稚園の五分の一くらいの額に抑えられる。後になって、幼稚園にふたりを通わせた二ヶ月間にかかったお金を計算してみると、約三十万円だった。あのまま何年か通わせていたら、破産していただろう。買い揃えた制服や備品は残ったが、制服は着ていくところがないし、備品も保育園では使わないものばかり。お金がかかった割には子どもたちも楽しくはなさそうだったし、よくわからない二ヶ月間だった。

それでも家にいて私とだけ過ごしているよりはよかっただろうと思う。規律正しくしっかりと管理された集団よりは、多少ラフでも伸び伸びと過ごせる環境のほうが子どもたちに合っていることがわかったからだ。慣れない環境に身を置き、そこで適応しようと頑張ったことや、なじめないな、という感覚を味わったことにはとても意味があると思う。

通いだした保育園では、子どもたちはみんなに好かれて、遊びのときには取りあいになるくらい、友達がたくさんできた。送迎時には教室のなかまで入れるので、そんな様子を私もたくさん目にすることができた。子どもたちは半袖半ズボンに裸足で走り回るうちに日に焼けて真っ黒になり、家ではその日あった楽しかったことをたくさん話した。裸足が気に入ったらしく、休みの日に公園に行ってもすぐ靴を脱いで裸足で走り回るようになった。

特に長女は、最後の一年しかいなかったけれど、いい経験をたくさんしたようだ。鉄棒で逆上がりができるようになったり、プールで目を開けて泳げるようになったり、縄跳びができるようになったり。運動会では高さ一メートルのところに足をかけて乗る竹馬を乗りこなしていた。保育園の裏の畑で皆で育てた野菜を収穫して、給食の先生に調理してもらってたくさん食べた。お泊りキャンプを二回して、一回は保育園、もう一回は京都の北のほうの山の家に泊まった。お散歩や遠足もたくさんした。

そして、京都に来てちょうど一年後の二月に、生活発表会があった。長女のクラスは「ブレーメンのおんがくたい」で、長女は犬の役をやった。劇中で、「できるようになったこと」を発表するコーナーがあり、十七人の子どもたちがそれぞれ、縄跳びや逆上がりを披露した。長女は「逆上がりをします」と言って、室内用の鉄棒で逆上がりをした。大きな声をだし、体を動かしている長女の姿は勇ましく美しく、それまで私の前で見せたことがない類のものだった。私の知らないところで頑張って練習したんだな、と、長女のことが誇らしく思えた。

次女のクラスは「おおかみと七ひきのこやぎ」で、次女はオオカミ役。途中で寝そべるシーンがあったが位置を間違えて、先生に引きずられて直されていた。狭いホールは保護者やきょうだい、卒園児たちでいっぱいで、皆で肩をぶつけあいながら板の間に直に座って、笑ったり泣いたりしながら観た。

この保育園に通わせることができて本当によかったと思う。

親として、ひとりの人間として

子どもたちを保育園に通わせることができるようになって、ひとりの時間を少し持てるようになると、私は「親としての私」と「ひとりの人間としての私」との、ふたつの軸を意識するようになった。

子どもが小さいうちは、「親としての私」の軸に比重が傾きがちになる。「ひとりの人間としての私」でいることは一旦後回しにせざるを得ない。だが、子どもはいつか手を離れる。そのときには、また「ひとりの人間としての私」に戻るのだろう。そちらのほうの「私」をあまりにないがしろにしていれば、戻る場所がなくなってしまうのではないか。親でありつつ、ひとりの人間としてのほうにも、ときには軸足を置いてみることが必要なのではないだろうか。そんなことを考えるようになった。

京都に引っ越してからは、フリーランスとしてさまざまな文章を書く仕事を自宅でするようになった。まず二十年近く続けているのが、小説を書く仕事。文芸誌からの依頼を受けると、編集者さんと打ち合わせをして内容やプロットを詰めてから、締め切りを決めて書き始める。

私が書いているのは純文学というジャンルで、ふだん小説を読まない人には説明しづらいマイナーなものだ。聞かれるとめんどくさいので、「芥川賞取ってる人が書いてるのが純文学ですね。あの、又吉わかります？　又吉みたいなの書いてます」と説明することにしていて、これがいちばん伝わりやすい。実際には又吉直樹さんの小説とはだいぶ違うものを書いている。

四百字換算（なぜか文芸の世界では文字数でなく原稿用紙換算の枚数で長さを測る。もちろん原稿はWordで書いている）で百枚ほどの小説を書くのに、私の場合は三ヶ月ほどかかってしまう。そこから改稿を何度も重ねる場合もあり、そうなると掲載にいたるまで半年以上かかることもある。

小説の執筆は長丁場になるため、並行してウェブ上でエッセイやコラムの連載もしている。一回ぶん三、四千字を一、二日で書きあげて、編集者さんとやりとりをして少し改稿してから公開、という流れなので、一本あたりの分量は少ないが、小説よりは遥かに短いサイクルで仕事を完結できる。

さらに、専門学校の文芸創作科で小説の書き方を教える授業を、隔週で行っている。友人の作家さんが教えている大学に呼んでもらって単発の授業をすることも年に何回かある。文芸賞の選考に携わり、作家志望の方の書いた小説をたくさん読んで選評を書いたり評価をつけたりもしている。大学の講義や文芸賞の授賞式では、「女装小説家」と名乗って活動していることもあり、女装姿で登壇することもある。

書くことについて喋りすぎると、自分のなかで枠組みが固まってしまって、自由に書くことができなくなるよ、と先輩の作家さんにアドバイスをされたことがあったが、いまのところそのようなデメリットは感じていない。

他には、企業から販売促進のサポートを依頼されて、ウェブページやSNSの記事を執筆することもある。

とにかく、文章を書いたり、それにまつわることを喋ったりすることだけで生活している。全く裕福ではなく、むしろギリギリの生活だが、やりたいことだけをやって生計を立てている。子育てと仕事を両立させるために試行錯誤を繰り返した結果、辿り着いたのが、やりたいことだけをやる、というこの生活だった。

とはいえ、お金にはあまり結びつかない。私のやりたいことは、社会的にはお金にならないことばかりなのだ。「子どもがいるんだから、ごちゃごちゃ言わずにバイトでも何でもして、安定した収入を得たほうがいいだろ」と思うこともある。だが、それは「親としての私」を優先して「ひとりの人間としての私」を殺してしまうことにならないか。その狭間で、私は悩み続けた。

二十七歳のときに「中国の拷問」という小説で「早稲田文学」誌の新人賞を受賞して小説家としてデビューした私は、「小説を書く時間を確保できる仕事をしよう」と考えた。小説を書くだけでは食べていけないだろうけど、それでも書くことをやめたくはなかったから。

そこで、学習塾の講師の仕事をすることにした。小五から中三まで、各学年一クラスずつ受け持って受験指導をするのだが、勤務時間が十六時半から二十一時半までと短かったので、昼間に小説を書く時間をしっかり確保できた。一方で、夏と冬と春の講習の時期と受験シーズンは朝から夜までびっしり授業が入り、家に帰ってからも翌日の準備をしなければならず、お金は稼げたが体力的にも精神的にもキツいものがあった。

そこで、社会人向けに国家資格の受験勉強の指導をする講師の仕事に転職した。勤務時間は増えたが、人前で大声をだして喋る仕事は私に向いていたらしく、ストレス発散にもなるし、通勤電車のなかでスマホのWordアプリで執筆していると、家で机に向かっているときより捗（はかど）る場合もあった。教える仕事は楽しく、高校生から七十代の方まで、延べ三千人ほどの受講生と関わったことで学べることも多かった。この会社では出版事業も行っていて、私はゴーストライターとして七冊の実用書を執筆した。

結婚して子どもが生まれて、しばらく経った頃に転職した。以前から興味のあった、ＳＥＯライティングの仕事をすることにした。ＳＥＯライティングとは、Googleなどの検索エンジンで検索されたときに、上位に表示される記事を書くことだ。経験はなかったが、それまでの執筆経験を話すと採用された。

その会社は渋谷にオフィスを構えるベンチャー企業で、社長も社員もほぼ全員二十代。四十代は私だけだった。上司は二十四歳の女性だったが、すでに数年の経験のある方だったので、頭を下げて教えてもらった。検索上位にくる記事を書くときには、純文学の小説を書くときとは正反対の頭の使い方をしなければならないが、新鮮で面白かった。

スタッフも優秀で頭の回転が速い方ばかりで、たくさん刺激を受けたし、自分より遥かにお兄さんお姉さんに思えた。オフィスの近くに青山学院大学があり、お昼はよくそこの学食に四百円くらいの定食を食べに行ったのもいい思い出だ。通勤時間はさらに長くなったが、相変わらず電車のなかで小説を書き続けていた。ウェブ上でエッセイの連載を始めたのもこの頃だ。

京都に引っ越して子育てをすると決めたのは、とつぜんだった。渋谷のオフィスには出社できなくなってしまったことを、私は二十三歳のマネジャーに電話で告げ、平謝りした。そして、京都からリモートで仕事をさせてもらえないかと交渉した。結果的に特例として認めていただき、私は業務委託契約を交わして在宅ワークを始めることにした。

来る日も来る日も家で文章を書きまくるうちに収入が確保され、育児や家事との両立もできるようになった。孤独ではあったが、どうにか生活の基盤ができていった。文章を書いてお金を頂くという、やりたいことをしながら子どもたちとの時間もしっかりと取れる。こんな生活を続けていけたら……。

ところが一年ほど経ち、会社が業態転換をするとのことで、契約が終了してしまった。またどこかに勤めることも考えたが、いったん在宅ワークに慣れてしまうと、外に働きに行きながら育児や家事と両立させられる自信がなかった。

そこで、起業することにした。二年間で百数十本の記事を書いてきた経験を活かして、企業の販売促進をサポートする事業を始めようと考えたのだ。起業塾のメルマガをいくつか購読し、ピンとくる講師の方の動画をたくさん観ていたところ、無料でZOOMカウンセリングを受けられることがわかり、申しこんだ。カリスマ講師のお弟子さんの方と一時間ほど話し、その起業塾に入るメリットをいろいろ聞いてやる気になったところで、授業料を聞いて目玉が飛びでそうになった。一年間で二百万円ぶんを一括で前払い……。すぐに月商三桁はいくから取り返せますよ、と言われたがお断りした。

もっと地道な道を私は探すことにした。京都市には起業したい人を支援してくれる機関があったし、女性起業家にインタビューをする連載もしていたので、いろんな人に会って起業する方法を聞きまくった。

そして、友人に紹介してもらったITエンジニアの方と一緒に、企業の販売促進のサポートをする会社を創ることにした。具体的な事業内容は、ホームページを改修して検索順位を上げたり、SNSなどと連携させて販路を拡大させていくサポートをしたりするというもの。私は主にライティングと営業を、エンジニアさんはデザインやコーディングまわりを担当する。

数打ちゃ当たる方式で、たくさん営業をかけて提案をしていけば道が拓ける、と考えた私は、さまざまな展示会に参加して、中小企業の社長と片っ端から名刺交換をしてはメールを送りまくった。必死だった。お金がほしい。子どもたちと一緒にいられる時間もほしい。

ところが、これが苦痛きわまりなかった。今日は一日電話営業をする日にしよう、と電話番号のリストを前にしても、スマホを手に取ることができない。せっかく受注した仕事も、やっていて全く楽しくない。おそらく私は誰かをサポートしたり、営業をかけたりということに向いていなかったのだろう。

さらに、エンジニアさんと喧嘩をした。行き違いが重なって、お互いに不満が募っていたのだろう、業務連絡を電話でしている途中に激しい言い争いになった。

エ「どうしてこう書いたのか説明してください」

私「……」

エ「黙らないでください」

私「考えてるだけですよ。次から黙るときには、『五秒後に黙ります、一、二……』って言ってから黙りますね」

エ「小学生みたいなこと言わないでください！」

というやりとりをしたのは覚えている。この一件いらい、私はエンジニアさんと絶交状態になり、事業は潰れた。

会社勤めをしていると、いや、ある組織に属すると、多かれ少なかれ不合理なことが起こるものだ。組織に属するとは、そうした不合理を受け容れ、なんとか折りあいをつけていくということ。ところが私は、不合理に直面すると我慢できなくなってしまうのだ。

仕事を転々としてきたのはそのためだろう。たったふたりでも、人が集まれば組織になり、組織になった瞬間に何か不合理なことが起こってしまい、私はそれに折りあいをつけることができない。そのことがはっきりわかった。さらに、寝ても覚めてもそのことを考え続けるくらいの情熱がないと起業などとてもできないということも。

私には、すでに小説というライフワークがある。二十年近く続けてこられたのは、組織に属さずに完結させられる仕事だからだろう。だとすれば、ひとりで完結できる仕事なら、他のことでも続けられる。ようやくそのことに気がついた私は、フリーランスとして企業の販売促進のサポートをすることにした。ただし無闇に営業をかけるのではなく、友達や知りあいを頼って仕事を探した。半年以上続けた頃に、なんとか継続的な案件をいくつか得ることができた。

先に書いたように、それらと小説やエッセイの執筆とでいまは生計を立てている。何の保障もないし、吹けば飛ぶような生活をしているわけだが、組織に属さずに、しかも文章を書くという好きなことだけをして収入を得ていくやり方を、私なりに二年ほどかけて見つけることができた。

何より、子どもたちと関わる時間をたくさん取れる。私は欲張りなのだろうか？
親としての自分と、ひとりの人間としての自分とのあいだで、言い換えれば、お金と
やりたいこととのあいだで、いまもバランスを取る方法を探している。

第二章

シングルファーザーということ

四十三歳からのセカンドライフ

シングルファーザーになって大きく変わったのは、時間の経ち方だ。仕事の他に子どもたちの身の回りの世話、家事に追われているうちに、あっという間に一日が終わる。ひとつひとつには手間も時間もかからないが、降り積もると膨大な労力を要する仕事がたくさん増えたからで、朝起きてから夜寝るまで、飛んでくる球を止むことなく打ち続けるような生活が始まったのだ。

京都に引っ越した直後からそれは始まった。当初は冷蔵庫がなく、生鮮食品は段ボール箱に入れて外にだしていた。二月の京都は冷蔵庫のなかより寒く、その年は雪が多かったので、牛乳や刺身を庭に放りだしておいても腐る心配はなかった。だから冷蔵庫はいちばん最後に買ったのだが、店先で悩んだのは、サイズだった。冷蔵庫の寿命が十年として、その頃には子どもたちは中学生になっている。どれくらい食べるんだろう、と想像してみたが、見当もつかない。

——大きくなったこの子たちは、病気もケガもしないで元気に生きているだろうか。

——どんな顔をしていて、何が好きで、友達はたくさんいるだろうか。

……妄想は広がっていった。

けっきょく冷蔵庫は、結婚していた頃に四人で使っていたものより大きなサイズのものを選んだのだが、そうすることで未来まで一緒に買った気がした。

家具の他に、子どもたちの服も揃えなければならなかった。保育園では毎日、半袖半ズボンで泥まみれになって遊ぶので、デザイン性よりも機能性を重視して、安くて丈夫なものを大量に揃えた。休みの日にはおしゃれができるように、ワンピースやスカート、カーディガンなども少しずつ集めた。

ただ、可愛いものや素材のいいものは、子ども服とはいえそこそこ値が張る。そこで、街で見かけたりネットで知ったりした商品はメモっておき、定期的にフリマアプリをチェックすることにした。ヘアアクセサリーもたまに買うし、子どものヘアアレンジをネットで調べてさまざまな髪の結び方ができるようになったが、子どもたちは髪を結ぶのを嫌がって、私が結んでもすぐに解いてしまう。他の子どもたちが可愛らしいヘアアレンジをしているのを見かけると、

——お母さんが家にいて、髪をセットしているのを毎日見てるから抵抗ないんだろうな……。

と自分の子どもたちを不憫に思ってしまうこともある。

日々の食事を作ることも仕事になった。十八歳からひとり暮らしを始め、居酒屋の厨房でアルバイトをしていた私は、料理の基本は知っていたが、結婚してからはほとんど元妻に任せていた。ほぼ二十年ぶりに料理を再開した私が頼ったのはネットだった。スーパーに行ってその日安くなっている食材を適当に買ってきて、検索するとレシピがでてくる。最初の頃はクックパッドを使っていたが、当たり外れが多いので、信頼できる料理研究家を探した。その人の名前と食材を一緒に検索すると、作ってみたくなるレシピがでてくるので、ひたすらそれを再現した。そのうち勘が戻ってきて、楽しくなった。

居酒屋でアルバイトをしていたときも、皆で順番にまかないを作っていた。私の番になったときには余った食材を使って、疲れた同僚たちのお腹も気持ちも満たせるものはなんだろうと考えながらフライパンを振った。そのときと同じように、子どもたちが喜ぶものをと考えた。手間をかければかけるほど料理は美味しくなり、子どもたちは喜んで食べる。だが平日には、手の込んだものを作っている暇がない。短時間でできるものばかりを作っていて、子どもが喜ぶかどうかは二の次になってしまう。

それでも、子どもたちは「美味しい」と言いながらいっぱい食べてくれる。この年は小学校の休校の期間が長く、長女の弁当を数ヶ月間作り続けることになったが、最初にそのことを知らせたとき、長女は「やった！　パパのお弁当美味しいもん」と喜んでいた。試行錯誤しながら作っているこちらの気持ちまで食べてくれているようで嬉しい。

また、お手伝いをさせることは、楽しく美味しく食べることに繋がる。野菜の皮を剝いて切ってもらったり、ハンバーグをこねてもらったり、鍋を掻き回してもらったりしているうちに、少しずつ子どもたちのできることが増えていった。野菜を切るときには隣に張りついて、

――猫の手で（指先を丸めて）野菜押さえて！

――包丁はそんな力任せに押さえないで！　引いて！

と叫び続けなければならないし、ひとりで作るときの倍くらいの時間がかかってしまう。それでも、自分たちで切ったデコボコの野菜や、ドーナツ形やハート形のハンバーグは格別な味がするらしく、はしゃいでいる子どもたちと食卓を囲んでいると、私が時間をかけて作った料理よりも美味しく感じられる。

食材は近所のスーパーで買うのだが、歩いて十分のところにあるので、重いものを買うときなどはリュックサックに入れて担いで帰る。コンビニまでは歩いて二十分、

駅までだと三十分はかかるので、ちょっとした用事を済ませるだけで半日は潰れてしまう。約二十年ぶりに暮らすことになった実家近くの町は、京都市内の外れにあり、見渡すかぎり田んぼと畑と山と川しかない。

東京では吉祥寺駅から徒歩十分のところに住んでいた。目の前にコンビニとファミレスと薬局があり、五分も歩けばスーパーに行けたし、駅前にはファッションビルが立ち並んでいて、二、三分ごとに来る電車に乗れば十五分ほどで新宿にも渋谷にも行けた。

車は持っていたが、離婚時に売ってしまった。それに私は運転ができず、結婚していた頃は元妻に任せていた。三十歳の頃に免許を取ったものの、完全なペーパードライバーだった。結婚後に一度だけ運転の練習をしたことがあるが、一分後には塀にぶつけて車をへこませてしまい、運転は向いていないのだと諦めたのだ。

幸い保育園は徒歩五分のところにあったが、遠出となるとバスや電車を乗り継いですることになる。週末になると、子どもたちを連れて遠くの公園まで三十分ほど歩いて行ったり、バスや電車に乗って動物園や科学センターに出かけたりした。電車は十五分から三十分に一本しか来ない路線も多く、公共交通機関を使うとどこへ行くにも時間がかかった。

――車があれば、というより運転ができれば、世界が変わるのにな……。

と考えない日はなかった。

とはいえ、いつも歩いているおかげで子どもたちには体力がついた。二、三キロ離れた公園まで歩いて行き、全力で遊んでまた歩いて帰ってもケロッとしている。「なんでうちには車がないの？」などと聞いてくることもない。道端の花や川にいる魚を見つけて立ち止まったり、季節の移り変わりを肌で感じたりするうちに、小さな変化に気がついたり、そこに喜びを感じたりできるようにもなった。いまでは子どもたちは自転車に乗れるようになったので、三人で少し遠くまでサイクリングに出かけることもある。

こうしてシングルファーザーになったばかりの頃を思い返していると、衣食住を始めとする日常生活全てにおいて、子どもを最優先にしてきたな、ということに気づかされる。言い換えると、自分のことは後回しにしてきた。服は二、三着しか買っていないし、好きな食べ物も食べていない。髪を切りに行くのも二ヶ月に一度、限界まで伸びきってから。カードの利用明細書を見ると、買い物の九割は子どものものだ。ヨレヨレになった服を着て、料理を作りながら子どもに食べさせ、自分は立ったまま作りかけのものを口に入れているときなど、

――これって、個人としての私にとっては、自分を粗末に扱っていることになるのでは？　という疑問が浮かぶこともある。自分のことを後回しにしてきたツケがいつか回ってくるのではないかと。

だが、それは違うような気がする。個人としての自分を後回しにして粗末に扱うことは、きっと親としての自分を大切にしているということなのだ。いつかそのことを実感できる日が来ればいいなと思う。

やりたいことよりも正しさを優先させる

ひとりの人間であると同時に、親でもある。それは、ふたつの人生を生きるようなことだ。

ひとりの人間として、私はしなければならないことよりも、やりたいことを大切にして生きてきた。きっかけは三十歳の頃。久しぶりに実家に帰った私は、洗面所で歯を磨く父親の後ろ姿を見て愕然とした。異様に脚が細かったのだ。背が高くがっしりとしていて健啖家だった父親が、いつの間にか痩せて背が縮み、食も細くなってご飯茶碗に軽く一杯でごちそうさまと言っている……。

――私が生まれたとき父親は三十歳だったから、私もあと三十年生きればこうなるんや。

そう気づくと初めて死を意識した。親も自分も、いつかは死ぬ。そのいつかは遠い先かもしれないし、五秒後かもしれない。だったら、「あれやっとけばよかった」と後悔しながら死にたくない、やりたいことは全部やっておきたい。強くそう思った。

さらに私は小説を書いていて、経験したことはすべて何らかの形で作品に昇華させられる。だから日々の小さな選択から、人生を左右する大きな選択に至るまで、やりたいこと、面白いと思えることを基準にして選んできた。三十代後半になって女装を再開したのも、そのひとつ。

逆に、男だから○○しなければならない、年齢を考えるとそろそろ○○したほうがいいというような規範には全く従ってこなかった。その意味では、とてもシンプルに生きてきた。ひとつひとつの選択に、迷いも悔いもなかった。

ところが子どもが生まれて、ひとりの人間であると同時に親としても生きるようになってから、やりたいこと、面白いと思えることを第一優先にしたシンプルな生き方はできなくなってしまった。シングルファーザーになってからは尚更だ。親としての私は、正しさを、さまざまな選択の基準にするようになった。

たとえば子どもが「頭が痛い」と言っている。測ってみると熱はないが、辛そうにはしている。そんなとき、保育園に行かせるべきか休ませるべきか？

――熱はなくても体調がよくないのかもしれないし、疲れているのかもしれず、私のそばにいれば安心するだろう、保育園は義務教育ではないし、たまには休ませてもいいのではないか、でもたぶん、休ませたら休ませたで、すぐ元気になって退屈しだすだろうし、なんやかんや構いに来るから私は仕事ができなくなってしまう、熱がなければ行かせるようにしている、と看護師のママ友が言ってたし、今回は行かせることにするか……。

あれこれ考えた挙句、行かせるという決断をするのだが、それはやりたいこと、面白いと思えることでは全くない。子どものために、何をどうすれば最適なのか、正しいのか、ということだけを考えた結論だ。

ただし、ここが難しいところなのだが、正しさには絶対的な基準がない。いまここでは正しいと思えることも、ずっと後になればそうは思えなくなるかもしれないのだ。

たとえば、こんなふうに考えが変わるかもしれない。

――仕事ができないとたしかに収入が減ってしまうが、後でいくらでも取り戻せる、それよりも、「頭が痛い」というのは子どもの甘えたいというメッセージかもしれないから、そちらを優先して、たまには保育園を休ませて親子でのんびりする時間を作ってもよかったんじゃないか。

あるいは、正しさを拠りどころにして決めたことが、間違った結果をもたらすこともあるだろう。たとえば人を殺すという行為は、戦時下では正しいこととされるが、平時では間違ったことになる。さらに、殺人者は法によって裁かれ、判例に基づいて死刑宣告を下される場合もある。しかも法律は、国や時代によってさまざまに形を変える。こうした構造を前にすると、正しさには絶対的な根拠などないことがわかる。それは私の外側にあり、時間が経って何らかの結果をもたらしたときに明らかになるのだ。その結果はまた時間が経てば、全く違う結果をもたらすかもしれない。

子育てにおいて、正しさに基づいて何かを選ぶことは、その意味でギャンブルのようなものだといえる。正解かもしれないし、間違いかもしれないが、それはずっと後にならなければわからないのだ。

ともあれ、やりたいこと、面白いと思えることよりも正しさを優先させることが、私にとって親として生きることだ。子どもがまだまだ手のかかる年齢のうちは、私も親として幼く、迷い続けなければならないだろう。

京都に引っ越して二年が経つと、長女は小学二年生になった。長女だからか、両親の離婚を経験したからか、それとももともとの性格なのか、とても我慢強く、感情をあまり外にださない。

先日、シャーベットの空き容器（プラスチック製でみかんの形をしていて、長女は「みかんカップ」と呼んでいる）を口に当てて遊んでいたところ、口の周りが内出血して真っ赤になり、カールおじさんみたいな顔になってしまった。「恥ずかしいから」と、長女は二、三日マスクをして、家のなかでもずっと外さなかった。近所の友達の家に招かれてご飯をご馳走になったときも、「お腹いっぱいなの」と嘘をついて食べなかった。こんなに小さいのに、恥じらいを知ってるんや、と私は驚きながら、子どもの友達のお母さんに事情を話して長女のご飯を取っておいてもらい、後で誰も見ていない隙に食べさせた。

乳児のあいだ、休日は私が食事やお風呂を担当し、出かけるときには抱っこをしていた。次女が生まれてからは、そのまま私が長女担当、元妻が次女担当という形で役割分担をしていた。そのせいか、長女は小さな頃からパパっ子だった。一、二歳のまだ眠りの浅かった頃、寝かしつけを終えてから仕事をしようと寝室をでると、しばらくして長女が目をこすりながら起きてきて、私のスウェットの裾を引っ張って、一緒に寝ようと地団駄を踏むことがよくあった。

初めて家族旅行に行って旅館に泊まったとき、私がタバコを吸いに部屋の外にでようとすると顔を真っ赤にして大声で泣き喚き、その声は喫煙所まで響いてきて、私が部屋に戻るまで続いた。

五歳になっても、私が仕事に行こうとすると玄関まで泣きながらついてきて、鍵を閉めて行こうとしても、自分で鍵を開けて走って追いかけてきた。仕方なく、私は靴とカバンを持って部屋に戻り、ベランダを乗り越えて外にでた。そして、マンションの一階に住んでいたからできたことだが、ベランダの柵越しに長女とハイタッチをする。普通のタッチ、そーっとタッチ（人差し指だけで触れあう）、きつねさんタッチ（指できつねの形を作り、口の部分で触れあう）を何回も繰り返した。きりがないので、適当なところで切りあげて離れると、長女は大泣きする。柵のあいだから手を突きだして「きつねさんタッチーっっっ‼」と叫びながら。

七歳になったいまではさすがに泣き喚くことはないが、友達との関りのなかで強く自己主張することができず、悔しい思いや悲しい思いをして帰ってくることがたまにあり、そうした思いを話してくれることがある。一緒に解決策を見つけることもあれば、ただただ話を聞いて気持ちに寄り添うときもある。言葉を介するようにはなったが、私と長女の関係は「きつねさんタッチーっっっ‼」の頃から変わっていない。

次女は保育園の年長組になった。

次女には申し訳ないが、私はどこかで長女のほうが次女より可愛いと思っていた。元妻や母親や友達からも指摘されたことがあるので、態度にまでその気持ちは表れていたかもしれない。初めてできた子どもだから特別に感じてしまうのだろう。抱っこしたのも離乳食をあげたのも、夜泣きで起こされたのもオムツを替えたのも初めてだったので記憶が鮮明に残っている。写真も、長女のものが次女のものより圧倒的に多い。

祖母が私を可愛がってくれたのも似たような思いからかもしれない。祖母にとって初孫だった私は、七人の孫たちのなかでも特別扱いされていたらしい。妹や従兄弟に聞くと「怖いおばあちゃんだった」というが、私にはとても優しかったのだ。祖母は第二次大戦中に夫を亡くし、長男を父方の義理の家族に跡取りとして引き取られた。再婚して私の母を生んだのだが、長男とは生き別れになってしまい、再会したのは数十年後だという。そんな長男と、初孫である私の存在が重なったのかもしれない。

長女に対する私の感情が次女に伝われば、えこひいきしていると思われるかもしれない。私自身、父親が妹をえこひいきしていると感じたことがあった。小学生の頃に、家族旅行に行った帰りの車のなかでのこと。調子に乗って大声で歌っていたところ、とつぜん父親が運転席から、私めがけてカセットテープを投げつけてきたのだ。すると母親が、「お父さん、なんで学ばっかりいじめるの」と父親をたしなめた。私は強烈な違和感に襲われた。何でもない日常の一場面といえなくもないし、親はきっと覚えていないだろう。だが「自分は嫌われている」と感じた子どもは一生忘れられないのではないか。

私の長女に対する感情は、三人で暮らし始めてから徐々に変わっていった。次女が四歳になった頃のこと。オムツが取れて、トイレもお風呂も自分でできるようになったかと思うと、プチ反抗期が訪れた。気に入らないことがあるとすぐにふてくされ、ひとりで家の外に飛びだしていく。友達の家から飛びだして、ひとりで家に帰ろうとする後を何回追いかけたことか。追いついて、「このまま帰ってひとりで遊ぶ？」と聞くと、次女は黙って回れ右をして、友達の家に走って戻っていく。

旅行先の水族館で迷子になったこともある。ふてくされてずんずん歩いていった次女を見失い、長女と一緒に捜しまわったが見つからず、焦っていると館内アナウンスで呼びだされた。インフォメーションカウンターに行くと、次女はほっぺたに涙の跡をつけたまま、魚のシールをもらって喜んでいた。そんなふうに振り回されるうちに、私は次女を心から愛おしく思うようになっていた。

動物にたとえると、長女は猫に似ていて、気まぐれで考えを読みにくい。こちらから構おうとしてもなかなか来ないが、気がつくと膝に乗ってきてくつろいでいたりする。次女は犬に似て、呼べばしっぽを振って走ってくるし、甘えるのが大好きで、感情表現もわかりやすい。

ふたりの違いがはっきりしてくるにつれて、私はふたりを違う愛し方で、でも同じ強さで愛することができるようになってきた。子育てをしていくうえで、私はやりたいこと、面白いと思えることよりも正しさを優先させている。ひとつひとつの判断が本当に正しいのかどうかを、私は知ることができない。子どもたちへの愛の、というよりも、子どもたちへの愛について考え続けることのなかにしか、その答えはないだろう。

もと不登校児のパパが、「学校が嫌」と休んだ長女と話したこと

長女が二年生になった七月の水曜日のことだった。子どもたちを迎えに行くと、保育園で次女の友達のちえちゃんとお迎えが一緒になった。ちえちゃんはお母さんのことを「母ちゃん」と呼んでいるので、うちの子どもたちも母ちゃんと呼んでいる。送り迎えが一緒になるとたまに車に乗せてもらうのだが、その日も家まで送ってもらった。そうするとだいたい、子どもたちはその流れで一緒に遊びたがるので、うちでちえちゃんを一時間ほど預かることになる。

長女が宿題をして、次女とちえちゃんがUNOをして遊んでいると、チャイムが鳴った。次女の友達のかりんちゃんと弟のひでくんを連れた、お母さんの斉藤さんだった。斉藤さんと私は、翌年で保育園を卒園する次女のクラスの役員をしていて、卒園記念品を選んで発注する係を担当している。名前入り鉛筆とハンカチに決めたのだが、好きな柄を選んでもらえるようにパンフレットを作ることにして、その作業を

斉藤さんにお願いしていたのだ。

　子どもたちが家のなかで走り回っている横で、斉藤さんと一緒にパンフレットの改訂をしていると、長女が「お腹痛い」と言いに来た。顔色が悪くぐったりしている。

「夏風邪が流行ってるから気をつけて」と斉藤さんが帰り、母ちゃんが迎えに来てちえちゃんも帰った。長女の熱を測ると三十七度ちょっとあったので、病院に連れて行くことにした。時間が遅く、かかりつけの小児科が終わっていたのでふだんは行かない小児科で診てもらう。

「胃が痛いみたいやし、整腸剤と抗生剤を出しときますね。これから嘔吐や下痢がでてくるかもしれんし、明日は学校休ませてください。明後日もしんどそうなら無理しないで。熱が下がって元気そうなら学校行ってもいいですよ」

　とのことだったので、その夜はうどんを食べさせて早く寝かせた。

　木曜日は、家で仕事をする私の横で本を読んだりテレビを観たり、ひたすらゴロゴロして過ごした。金曜日には熱はなかったが、「まだお腹が痛い」とヘソの上あたりをさすので、休ませた。土曜日になると元気そうにはなり、近所に住むゆきひろくんが遊びに来たので、家の近所で遊んで過ごした。相変わらずお腹は痛いらしく、ご飯もいつもの半分くらいしか食べられていない。いつもごちそうさまをした後にふたりはパンパンに膨れた腹を触らせに来るのだが、長女の腹はたしかに張りがなかった。

　日曜日の朝になると、ちえちゃんの母ちゃんから、ちえちゃんを預かってほしいと連絡があった。子どもたち三人が家のなかでおうちごっこなどをして遊んでいると、近所に住むゆきひろくんも加わった。しばらくしてちよちゃんとけいちゃんの姉妹もやってきた。まだ赤ちゃんのゆうじくんを抱っこした、お母さんのモモちゃんも後から来たので、お人形遊びをしたり絵を描いたり、思い思いのことをして遊ぶ子どもたちを見ながらお喋りをした。

　ゆうじくんを抱っこさせてもらい、その軽さや、あやすと顔をくしゃっとさせて笑う様子を懐かしく感じていると、近所のなおひさくんとお母さんのようちゃんもやってきた。ようちゃんはその年、保育園の役員をすることになったとかで、前年もその年も役員をやっている私はたびたび相談に乗っていた。話に夢中になっていると、長女が横に来て私の肩を叩きだした。

「お腹痛い」という。

　ついさっきまではしゃいでいたのに表情がなく顔色も悪い。とりあえず横にならせると、モモちゃんとようちゃんが長女の様子を心配してくれる。

　――水分は摂ったほうがいいから、ジュースとか飲ませてみたら？

——食欲なかったらゼリーとかプリンとか食べさせたらいいんちゃう？

あれこれと考えてくれて、ようちゃんがすぐにスーパーまで買い出しに行ってくれた。ようちゃんからプリンやゼリーやヤクルトを受け取った後、お昼どきになったのでみんなは帰っていった。ゆきひろくんだけ残ったので、そうめんを茹でてみんなで食べたが、長女はあまりお腹に入らず、ゼリーを食べさせる。それでも顔色はよくなり、ちょっと遠くの公園に行きたいと言いだしたので、連れて行くことにした。途中でお菓子を買ってから歩いて片道三十分ほどかかる公園まで行き、子どもたち三人で夕方まで走り回って遊んだ。

ところが月曜日になると、またお腹が痛いという。薬もなくなったので、かかりつけの小児科に連れて行った。熱も症状もないため薬をだすなら整腸剤くらいしか、と前置きをしたうえで、

——もしかしたら、精神的なものかもしれないですね。

と先生は言った。思ってもみなかった言葉に、私は戸惑った。

——学校は楽しい？

——友達はいる？

——勉強は楽しい？

――国語と算数どっちが好き？

――勉強はわかる？　わからへん？

静かな声でゆっくりと質問をしていく先生に、長女は頷いたり首を横に振ったりして答えていたが、そのうちしくしく泣きだした。

「何か学校で嫌なことがあるんかもしれないですね」

と先生は私を見あげた。

家に帰ってご飯を食べてから、長女と一緒に畳の上でゴロゴロした。マンガや本を読んだりテレビを観たりしてから、頃合いを見計らって聞いてみた。

――学校で、何してるときが嫌なん？

――勉強してるとき。嫌なこと思いだしたり、想像したりしてしまうねん。それで悲しい気持ちになる。

――それは嫌やね。嫌なことって、どんなこと思いだすの？

――わかんない。一年生のときからずっとそうやった。

落ち着いた口調で話しているし、言葉には実感がこもっていた。具体的に何かの出来事を思いだすのか、漠然と嫌な気持ちになるのか、それとも勉強や授業が嫌いということをそういう表現で伝えているのか。はっきりとはわからないが、おそらく本人にもよくわからないのだろう、という気がした。

——そしたら明日は学校どうしようか？

——……。明日も休む。休んで心の準備して、水曜日から行く。

——いいよ。ゆっくり休んで心の準備しよな。

この会話をしてから、長女の顔は晴れやかになり、お腹が痛いということもなくなった。

小児科の先生の言うように、長女の腹痛は精神的なものかもしれない。少なくとも私が聞いている範囲では、友達はたくさんいるし、勉強にもついていけている。それでも、理由なく嫌な気持ちになって体調を崩してしまうことがある。

私もそうだった。小学生の頃から、ことあるごとに腹痛を起こして学校を休んでいた。特に遠足や運動会、修学旅行などが大嫌いで、前日には窓を開けたままお腹をだして寝て、風邪を引こうと頑張った。体温計をシーツにこすりつけて摩擦熱で三十九度をだしたこともあるし、醤油を一気飲みすると体温が上がるらしいと聞いて試したこともある。

なぜそんなに嫌だったのかというと、集団行動が苦手だったから。みんなと同じように学校に行って、同じように机に向かい、同じように勉強をしたり遊んだりすることが苦痛でたまらなかった。

中学受験をして進学校に入ってからも学校嫌いは変わらなかった。急に変わった環境に慣れなくて友達がひとりもできなかったし、入試に合格してしまうと勉強をする意味がわからなくなり成績はガタ落ちした。何より、学校に行って授業を受けるのがめんどくさくてたまらなかった。

本を読むのが好きだったので、勉強をするより一日じゅう本を読んでいたかった。三年生の一学期から、学校に行かなくなった。出席日数が足りなかったはずだが、義務教育課程だからか卒業することができた。高校には通っていない。そのあいだ何をしていたかというと、図書館に通って本ばかり読み、マンガを描いて雑誌に投稿し、名画座に通って映画を観まくった。やがてよく行っていた名画座にスタッフとして関わるようになり、年上の友達がたくさんできて、初めての恋愛もした。

要するに、好きなこと、やりたいことだけをして過ごしたのだ。一方で、大学入学資格検定（大検）に合格して、大学受験の準備はしていた。当時、大検の試験は八月にあり、高校にまったく行っていなかった私は十一科目を受験しなければならなかったのだが、一年目で八科目、二年目で残りの三科目に合格した。試験勉強にはそれぞれ二ヶ月間しかかけていないので、三年間のうち四ヶ月間しか勉強していないことになる。十八歳の春には、何食わぬ顔で大阪芸術大学に進学した。当時は映画を撮りたかったのだが、紆余曲折を経て二十五歳頃から小説を書くようになった。

小説を書くうえで、不登校だった子ども時代は大きな糧になっている。頭の柔らかい頃に多くの本や映画に触れられただけではなく、やらなければならないことより、やりたいことを選ぶ生き方を覚えることができたのだから。一般的なレールからひたすら外れて生きてきた私が、もし自分の子どもだったらどうだろう、と考えることがある。不安になるだろうか、もっとちゃんとしろと叱るだろうかと考えてみるが、三秒後には「それはないな」という結論に達する。

――いつの時代も、そのときそのときやりたいことをしてきて、失ったものもたくさんあるけどトータルで見るとすごく楽しかったんじゃないかな。大きな病気もケガもなく生きてこられてよかったやん。

親としての私は、子どもとしての私にそう声をかけるだろう。

――休んで心の準備したい。

と言っていた通り、火曜日も長女は休んで家のなかでのんびり過ごした。仕事の合間に、私は長女と一緒にスーパーに買い物に行ったり、ご飯を一緒に作って食べたりした。子どもがふたりいるといつもセットになってしまうので、長女とふたりきりでこれほど長い時間を過ごしたのは久しぶりだ。

夕方になると、担任の先生が家庭訪問に来てくれた。私よりかなり若い先生だが、ゆったりしていて丁寧で、何を相談しても的確に答えてくれる。その日も一時間ほどいてくれて、学校でのみんなの様子や授業の進み具合などを少し話した他は、ひたすら世間話をして笑って過ごした。最後に先生は長女と一緒に時間割の準備をして、「明日待ってるね」と笑顔で帰っていった。

翌日の水曜日、長女は約一週間ぶりに学校へ行った。帰ってくると、ランドセルを放りだして外へ走り回りに行く、いつもの長女に戻っていた。

この一週間、長女が学校を休んだのは、いつかやりたいこと、好きなことを見つけるための前震のようなものではないかと私には思える。小学二年生の長女にとって、自分の抱えているものに気がついたり、悩んだりし始めるのはまだまだ先のことかもしれない。そのときが来たら、この一週間に考えたことを思いだしてのんびりと見守っていたい。

子どもが殺虫剤を浴びたので、救急車を呼んだら虐待を疑われた！

――パパ……目痛い。

長女が泣きながら近寄ってきたのは、夕食後に洗い物をしているとき。京都では連日三十五度近くの気温が続き、少し暑さにやられていた私は、洗い物の手を止めずにちらっと振り向いて、どうしたん？　と声をかけた。

長女は顔にタオルを押し当てて、声を押し殺すようにして泣いている。ふだんから、長女は声をあげて泣くことがない。涙を拭いながら隅のほうでひっそりしゃくりあげているタイプだ。事情を聞いてみると、

――洗面所に蚊がいたから、スプレーしようとしたら目に入ってしまってん。

と目を押さえた。

状況がよくわからないので次女にも聞いてみると、噴射ボタンがうまく押せず、お腹にスプレーを固定してボタンをいじっているうちに思いっきり顔面に殺虫剤を浴び

てしまったらしい。

――何してんねんほんまに！　殺虫スプレー勝手に触ったらあかんって言ってるやん！　目洗いなさい！

私は反射的にきつい声をあげて、目を洗いに行かせた。洗った後も洗面所で泣いているので、様子を見に行き、水道のノズルをシャワーに切り替えて上向きにして流水に目をさらさせる。それでも痛みは取れないらしい。目だし怖いな、と思い「＃８０００」に電話をかけた。子どもの健康問題について不安になったときにかけると、小児科医や看護師さんが相談に乗ってくれたりアドバイスをくれたりするサービスで、これまで何度かかけたことがある。

――すぐ受診したほうがいいですね。明日でもいいですが、痛みが引かないようならいまから受診してください。

時計を見ると二十一時過ぎだった。近くの救急病院の名前と電話番号をいくつか教えてもらい、電話を切るとすぐにかける。だがどの病院も、眼科は対応していないとのこと。

そりゃそうだろうな、だいたい宿直の先生は内科か外科だもんな、とようやく思い当たる。

再び#8000にかけてみると、それなら救急車を呼んでくださいとのことだった。救急車で運ばれた場合、帰りは自力で帰らなければならない。いまからだと寝かしつけられるのは何時になるだろうと、時計と泣いている長女を見比べてから、一一九番にかけた。ふたりともパジャマのまま靴下だけ履かせて準備をしていると、五分もしないうちにサイレンの音が近づいてきた。

門のすぐ前にドアを開けてくれている救急車に三人で乗りこむ。事情を話すと、眼科医のいる病院を調べてくれて、近いところから受診できるかどうかを聞いてくれるという。確認に時間がかかっているらしく、なかなか搬送先が見つからない。やがて警察官が乗りこんできた。事情を聞かれて、さっきした説明を繰り返すと、小さな手帳に書き取っていた。

——写真撮っていいですか?

と長女にデジカメを向けられたので、

——なんでですか? 何に使うんですか? どうしても必要?

と質問攻めにしたところ、警察官は引き下がり、代わりに私が家から持ってきた殺虫スプレーの写真を撮った。救急車で運ばれる子どもの顔をなぜ撮影するのだろう。ようやく搬送先が決まったが、車で三十分以上かかる、京都市内の北のほうにある大学病院らしい。時計を見ると二十二時半頃だった。そこでいいですか？　と確認されて、帰りのタクシー代ヤバいことになるなと思いながら同意した。

救急車が走り出すと、子どもたちはすぐに椅子に座ったまま寝始めた。ふだんならとっくに寝ている時間帯なのに、スピードをだしているせいか、やたら揺れる車のなかでかわいそうだな、と思いながら私はスマホを取りだした。

――がくちゃんちの前に救急車とパトカー停まってるやん！

――どうした？　何があった？

近所のママ友の、あかりちゃんとりっちゃんからＬＩＮＥが入っていた。静かな夜の住宅街にサイレンが鳴り響いて、さぞかしびっくりしただろう。事情を説明すると、

――事件が起きたんかと思ったわ。

――帰りたいへんやね、電車とかあんの？

と心配してくれた。ふたりとやりとりするうちに、私はようやく我に返った。隣では子どもたちが私に寄りかかって眠っている。

――さっき怒ってごめんな。

と心のなかで長女に言った。「目が痛い」と寄ってきたとき、なぜ怒ってしまったんだろう。「大丈夫？　痛かったな。目洗おか」と落ち着いた対応ができなかったん

だろう。蒸し暑さ、寝不足、早く寝かしつけないと、という焦り、子どもが寝た後にやらなければならない家事と仕事……それらで頭がいっぱいで、子どものほうをちゃんと見ていなかった。

シングルファーザーの知人の言葉を思いだした。私と同い年の彼には、十六歳になる娘さんがいる。反抗期とかありました？　と聞いた私に、彼はこう答えたのだ。

——あったよ。中学生の頃、ぜんぜん家帰ってこうへんようになって。腹も立ったけど、帰ってきたときには、「よう帰ってきたな、お父さんずっと心配してた」ってことだけ伝えるようにしてた。高校生になったらパタッと反抗期が終わったんやけど、中学んとき家帰らへんかったこととたまに思いだして、「あんときごめんな」って言うてくるわ。覚えてるんやろな。

子どもにイラッとすることは多々あるが、その感情は心配や愛おしさの裏返しであることが多い。そのことをよく自覚して、怒りではなく心配や愛おしさを伝えたほうが子どもの心には残る。

彼がもし、「どこ行っとったんや！　お前みたいなもんもう帰ってくんな！」とブチギレていたら、娘さんは反抗期が終わった後、いまほどお父さんのことを信頼できていなかったかもしれない。私も見習おう、と思っていたはずが、咄嗟（とっさ）のときにはそうふるまえないものだな、と落ちこんだ。

病院に着くと、長女は診察室に通され、私と次女は待合室で待つように言われた。当直医の診察の後に、眼科の先生が診に来てくれるとかで、診察は一時間近くかかった。目が冴えたのか、広い待合室を散歩したりお喋りしたりし始める次女の相手をしていると、知らない番号から着信があった。

――さきほどの警察の者ですが、もう帰られました？

――いま診察受けてるところです。

――そうですか……実は、忘れていたことがありまして。お父さん、絶対そんなことはないと思いますが、お子さんの体をチェックさせていただきたいんです。女性警官が担当しますので。

どうやら、虐待の兆候がないかどうかを確認したいと言っているらしい。

――よくわからないんですけど、たとえばこれが昼間で、普通に小児科に連れて行った場合は体調べられたりしないと思うんですけど。

――救急車を呼ばれましたので。お子さんのことで救急車を呼ばれた場合、警察と児相（児童相談所）も関わることになっていまして。体を調べさせていただいた後に、児相にも情報共有されます。児相から明日にでも電話がくるかもしれませんが、特に何もないと答えていただければ大丈夫なので。

喋っているうちに私はムカついてきた。子どもがボディチェックを受けることにではなく、その理由の説明があまりにも杜撰だったから。

――救急車を呼んだから虐待を疑われるって何やねん。意味不明すぎる。

私は日頃から、警察の職務質問をよく受ける。東京にいた頃、新宿や渋谷を歩いていると頻繁に警察官に囲まれた。あまりにも頻繁だったので、あるとき聞いてみた。

――なんで僕なんですか？　そんなに怪しかったですか？　どこが怪しかったのか教えてください。改善したいので。

相手の警察官は「いやそんな。怪しくなんてないですよ」と否定していたが、私が食い下がるとこう言った。

――……強いて言えば、顔ですかね。

その日いらい、私は警察官とは戦うことに決めたのだ。

――わかりました。そしたら病院まで迎えに来てもらえます？　いまから帰ると一時頃になります。そこから交番まで連れて行くと二時とかになります。五歳と七歳の子どもを夜中に連れ回せないんで。虐待を疑うほど子どもたちのことを心配してくれるなら、パトカーで家まで送ってください。

――いえ、それは別の話なので。

――わかりました。まず、体を見たいのはそちらのご都合なので、ここから交番までは迎えに来てください。で、交番で見てもらった後、私たちが外にでると、深夜に小さい子どもを連れた私が路上をさまよっている状態になります。「別の話」として、その私たちを交番から家まで送ってもらえませんか。

――……。ちょっと、こちらで話しあうのでお待ちください。

電話は切れた。やがて当直医が待合室にやってきて、長女の状態を説明してくれた。家ですぐに洗い流したのがよかったらしく、目はきれいで何も問題はない、アルコールが入っていて染みたのとびっくりしたのとで痛みを感じていたのだろうとのことだった。

診察室まで長女を迎えに行き、ロビーのソファーで警察からの折り返し電話を待った。ところが三十分待ってもかかってこない。めんどくさい奴と思われたかな、でもこのままだと帰るに帰れないしな、と困っていると、着信があった。いま車が向かっていて、もう着くから正面玄関のところにいてください、という。

現れたのは貫禄のある年配の警察官と、まだ二十代くらいの体格のいい警察官だった。私たちはパトカーで交番まで送ってもらった。交番に着くと、年配の女性警察官から子どもたちはボディチェックを受けた。お腹と背中をまくって見せ、後は足首を見せて終わった。私はもう一度事情を説明し、警察官はそれを小さな手帳に書き留めた。家まで送ってもらうと二時過ぎで、子どもたちは布団に入ると一瞬で寝た。

翌日、子どもたちを保育園と学童まで迎えに行った帰りに、ＬＩＮＥをくれたママ友のあかりちゃんと会った。

――パトカーまで来てたしびっくりしたわ！　状況がわからへんから、「お父さんたいへんやったら子どもたち預かります」って言いに行ったんやけど、警察の人から「子どもたちは落ち着いてるから大丈夫です」って言われて余計不安になったんやけど。ほんまに、がくちゃんが虐待したんかなって妄想が広がったわ。

わざわざそんなこと言いに来てくれたんや、嬉しいな、と思いながら、あかりちゃんにことの顚末を話した。

第三章

育児と男親

「男性の参加はお断り」のしつけ講座に潜入してみた

――子どものしつけ講座、参加者募集中！　「怒らない子育て」を学びませんか？

というチラシを見つけたのは、週末になるとよく子どもたちを連れて通っていた児童館。まだ離婚する前で、長女は三歳、次女は一歳だった。当時住んでいた東京都武蔵野市の市役所に、私は参加申し込みの電話をかけた。

長い戦いの幕開けになるとは知らずに。

「申し訳ありません、男性の参加はお断りしています。奥様だけのご参加でお願いいたします」

職員の返答はそっけなかった。ああそうなんだ、とそのときは思って電話を切った。だが改めてチラシを確認してみると、参加対象者は三歳から小学三年生までの子を持つ親、とあるだけで、男性はお断りとはどこにも書かれていない。疑問に思った私は、市役所にかけ直してみた。

「夫婦で参加したいんですけど。男親は参加できないなんて書いてないですよ」

「お調べいたしますのでお待ちください」

業務が立てこんでいたらしく、折り返しの電話がかかってきたのは翌日だった。

「しつけ教室ですが、男性の参加者は前例がないということで、お断りさせていただいております」

意味がわからなかった。これまで男性が参加したことがなかったとしても、それが新規の男性参加者を拒む理由になるとは到底思えない。この瞬間に頭のなかでゴングが鳴り、私は戦うことにした。

「じゃあこれを新しい前例にすればいいんじゃないですか？　これまでに前例がないから受け付けられない理由を具体的に教えてください」

元妻からは、「やめなよ。もういいじゃん。恥ずかしいよ」と止められたが、止められれば止められるほど、私はムキになった。一時間ほど職員と押し問答を続けた挙句、この件は年配の保健師さんに引き継がれた。改めて一連の流れを説明して、参加できないかと聞いてみた。

「やはり男性の参加者は前例がないですし、他の参加者が嫌がられるかもしれないので……」

「嫌がられる、とはどういうことでしょう？」

「講座のなかで、参加者が親役と子ども役に分かれてロールプレイングをするんです。だからそこに男性が混じっていると恥ずかしいっていうママさんもおられますので」

ますます意味がわからない。

「そのロールプレイングって、性的なことをするんですか？」

「いえ、そういうわけではないんですが」

保健師さんの受け答えは何とも歯切れが悪い。というより、ロールプレイングの内容がとても気になった。男性が混じっていると女性が恥ずかしがるロールプレイングとは？　一時間ほど保健師さんと押し問答を続けてから、私はこう提案した。

「すでに申し込みがあるのは、女性が七名なんですよね。じゃあその全員に電話をして、『男性が参加したいと言ってるけどいいですか？』って聞いてください。ひとりでも嫌だという人がいれば諦めます。その代わり、全員がＯＫだったら参加させてください」

保健師さんは困惑した声で、係の者と検討してみます、と電話を切った。その後も私は毎週のように市役所に電話をして進捗確認をした。他の業務に追われているらしい保健師さんはいつもなかなか捕まらず、電話にでても、七人のママたちとの連絡は遅々として進んでいないようだった。

せっつくこと二ヶ月、ようやく全員の確認が取れた。結果的には全員が「パパさんが参加されるんですか？　ぜんぜんいいですよ〜」というような反応だったらしい。保健師さんはしきりに詫びていたが、私は「前例が増えてよかったですね」と嫌味を言ってしまった。とはいえ、私のしたことはとても意義のあることだったと考えている。

それまで参加していたママさんたちも、参加してこなかったパパさんたちも、役所の人たちも、誰も気がつかなかったことを指摘できたのだ。こういう些細な行動の積み重ねが、子どもや子育て世代の人たちにとって暮らしやすい社会を作ることに繋がるはずだ。

しつけ講座は市役所の会議室で行われ、月に一回ずつ、半年間のコースになっていた。別室に託児所があり、子どもたちはそこに預けて夫婦で参加した。七人のママたちはいずれも単独で参加していて、「この人たちに保健師さんが許可もらったんだな」と思うと感慨深かった。

「コモンセンス・ペアレンティング」という、アメリカの児童養護施設が開発した、親向けの育児プログラムの技術を持つ講師の方がふたり来られていて、その講師たちを囲むように私たちは輪になって座った。最初にふたりひと組になって、ひとりは椅子に座り、ひとりは立って向かいあう。その状態で、立っている側が座っている側に話しかける。

座っていた私は、立っている元妻から「こんにちは」と話しかけられて、椅子から転げ落ちそうなほどびっくりした。いや、怖かった。

「そうですよね。子どもから見れば、大人ってすごく大きいんです。自分より二倍三倍大きい人から話しかけられると、威圧感がすごいんです。だから、お子さんと話すときにはしゃがんで、同じ目線になって話しましょう。お料理をしたり洗濯物畳んだりしながら、お子さんに背中を向けたまま、『テレビ消しなさい！』って言っても、お子さんには聞こえてません。大人だって、テレビ観てるときに後ろから話しかけられても頭に入ってこないですよね。伝えたいことがある場合には、お子さんのそばに行って、目線をあわせることから始めましょう」

という講師の言葉が印象に残った。その後にビデオを観せられた。子どもが「問題行動」を起こしているシーンがドラマ仕立てで撮られたもので、それを観終わった後に、親はどう接すればいいのかみんなでディスカッションをする。それが終わると先生から正解を教えられ、私たちはふたりひと組に分かれて、親役と子ども役になってロールプレイをする。

たとえば、子どもがスーパーではしゃいで走り回っていて、いくら注意してもやめない。そんなときには、子どもは話を聞く体勢になっていないので、ガミガミいっても仕方がないと諦める。そして、次にスーパーに行くときには事前に目をあわせながら、「スーパーに行ったら、カートを一緒に押して静かに歩こうね」と約束をする。

さらに、シミュレーションをする。家のなかを店内に見立てて、カートを押しながら歩く練習をするのだ。これは「予防的教育法」というらしい。予想できる「問題行動」に対しては、事前に約束をしてシミュレーションをする。ポイントは、子どもが落ち着いて話を聞く体勢にあるときに、しっかりと目を見てコミュニケーションを取ること。

このようなしつけの方法を、毎月少しずつ教わった。それらを生活のなかで実践する宿題もあり、半年間はあっという間に過ぎてしまった。多くのことを教わったが、内容はほとんど覚えていない。だが、コモンセンス・ペアレンティングのエッセンスの部分だけが箇条書きにされた名刺サイズのカードはいまも財布に入れていて、たまに見返すことがある。

しつけとは何なのか、ということは、長女が生まれる前にも考えたことがあった。

同じ武蔵野市の市役所で開かれた、妊婦さんとパートナーを対象にした「こうのとり教室」に参加したときのこと。二十人ほどの参加者全員でベテラン助産師さんを囲み、出産・育児を控えての心構えをあれこれ聞いた。最後のほうで、助産師さんからこんな質問があった。

〝「しつけって何だと思います？」

講師の問いかけに、受講生たちは順繰りに答え始める。口を挟む者は誰もいない。自助グループでの言いっ放し聴きっ放しのルールを洋治は思いだした。だがここでは過去を話す者はいなかった。まだ形も大きさも重さもない未来を、皆で寄ってたかって言葉にすることで、それぞれがどうにかこうにか実感しようともがいていた。

善いことと悪いことを教えることだとしたら、僕にはよくわかりません。悪いことなんてそんなにないと思っていて。ただ自分を傷つけること、それから他人を傷つけることはして欲しくないから、それだけは教えたいと思ってます。後は、自由に、わがままに生きていってくれれば。全肯定したいです。社会の役に立つかどうかとか、誰と付き合ってるかとか、そんなこと以前に、生まれてきたこと自体が奇跡みたいなものなんだから、それだけで自分を誇れるようになって欲しい。その他のことは、たいていどうでもいいって思えるような、強さを身につけて欲しい。僕みたいな弱い人間にならなくて済むように。

隣の席で、華は泣いていた。他の受講生たちが話しているあいだもずっと。講座が終わった後に、エプロンを着けた保健師が華に近づいてきた。目で察して洋治は離れる。しばらくして華は戻ってきた。どうだったと聞くと、なんでもないです、と笑ってみせた。その涙の意味を、洋治は長いあいだ知ることができなかった。〟

以上は、長女が生まれて間もない頃に書いた小説「愛と愛と愛」の一節だ。実体験をそのまま小説に書いた。

つまり、私は当時しつけについてこう考えていたし、元妻はその考えを聞いて泣いていた。

なぜ泣いていたのかは、いまもわからない。抽象的すぎて他人事のように思えたのか、それとも考えが違いすぎると思ったのか。これから子どもが生まれてくるということに、私以上に不安を抱いていたのか。私はあえて聞かなかった。そしていまもわからない。

だからこそ、たびたび思いだす。私にとって、元妻に誠実であるとはそういうことなんだろうと考えている。

この小説は、長女が生まれて間もない頃に起きた、ストーカー殺人事件を題材にして書いた。被害者の女子高校生は、芸能活動をしていて高名な脚本家の姪でもあった。ＳＮＳで知りあった男性（有名私立大学の学生だと嘘をついていた）と付きあったが、別れ際に何らかのトラブルに発展し、ストーカー行為を受けた。男性は事件直後に、彼女から送られていた数十枚の裸の画像をネットにアップした。いわゆるリベンジポルノとして大きな話題になった事件だ。

私はこの事件にわけのわからない衝撃を受けた。誤解を恐れずに言うと、被害者も加害者も、なんてナイーブなんだろうと思った。日本語の「ナイーブ」は「素朴な」「純真な」という意味で使われることが多いが、語源であるフランス語の「naïf」には、「騙されやすい」「世間知らずな」「無警戒な」という意味がある。

それらは人の属性ではなく、精神状態をさすのだろう。たとえば恋愛においては多かれ少なかれ誰もがそういう状態になる。そう考えるとこの事件は、極端にナイーブな状態に陥ったふたりがお互いを傷つけあった出来事に思えた。私は絶望的な気分になった。

ナイーブな状態とは、人が最もその人らしく生き生きとしている状態ではないか？その状態にあったふたりがなぜ悲劇を引き起こさなければならなかったのだろう？そう問い続けるうちに、私はふたりに宛てた手紙のような小説を書こうと思い立った。ストーカー殺人事件の加害者の妹である「華」という少女を主人公にして、彼女がアルコール依存症の「洋治」と出会い、ふたりで身を寄せあうようにして生きていく、という小説だ。

その小説の結末近くに、私は子どものしつけに関することを書いた。親になることに不安を抱いていた私は、「騙されやすい」「世間知らずな」「無警戒な」状態にあると感じていた。だから事件の当事者たちに他人事ではないような関心を寄せたのだろうし、閉ざされてしまったふたりの未来を、開いてあげたいと強く思った。

子どもが生まれてから三歳頃まで、私は「しつけ」とは何かについて考え続けていた。ところが三歳を超えて本格的にしつけが必要になってからは、あまり意識しなくなった。日々の小さな出来事の積み重ねのなかでその都度判断して子どもに接していると、考えている暇がないからだ。それでも頭の片隅に、かつて不安だったことや考えたことが残っているから、そのような接し方ができるのだろう。

「母子」手帳から排除されてきた「父」

――母子手帳をお願いします。

――すいません、手元にないので。

小児科の受付で初めてこの会話をしたのは、離婚して何ヶ月か経って、インフルエンザの予防接種を受けさせようとしたときだった。離婚してから、母子手帳がどこにあるのかはわからない。引っ越しのどさくさに紛れて失くしてしまったのか、あるいは元妻がいまも持っているのか。

後者ならまだ存在はしていることになるが、元妻とは「母子手帳ある？」と気軽に聞ける間柄ではなくなっている。そうした事情を手短に話すと、母子手帳がなくても注射を打ってもらえた。

――お父さん、お子さんの予防接種はされてます？　年齢的に、まだいくつか残ってるはずですけど。

聞かれた私は戸惑った。何をどこまで受けたんだろう、あと何を何回受ければいいんだっけ……。子どもは、母親の胎内にいるときにさまざまな病気に対する免疫をもらう。

だがその免疫は、時間が経つとともに少しずつ失われていくので、新たに外から接種しなければならない。それが予防接種と呼ばれる注射なのだが、生後二、三ヶ月から小学生頃まで、いくつもの種類のものをそれぞれ複数回受けなければならない。次の注射を打つまでに間隔を空けなければならないものもあり、とくに乳児期の予防接種の予定を立てるのはとても難しい。

この予防接種の記録は、すべて母子手帳のみに記載されていて、それがなければ履歴を追うことができない、ということを私は初めて知った。しかも、その情報はどこかにバックアップが取られているわけではなく、今回のように母子手帳が行方不明になってしまうと完全に詰んでしまう。

やれＡＩだクラウドだと言われている時代に、子どもの命に関わる重大な情報が、紙に手書きで管理されている……衝撃的だった。とはいえ、そこで負けているわけにはいかないので、区役所の子ども育成課に相談してみた。役所の職員の方たちもザワついていたが、私が以前に住んでいた、東京の武蔵野市と武蔵村山市の市役所に問い合わせてもらえることになった。

約一ヶ月後に子どもたちの予防接種のデータが届き、ワクチンの種類と注射をした日付をまとめた一覧表をもらった。ＢＣＧ、ヒブ、肺炎球菌、日本脳炎……何回かに分けて受けたものもあり、ふたりあわせて四十個近くの日付が記載されている。保健師さんに相談したところ、その年のうちに長女はＭＲ（麻しん風しん混合）の二期目を、次女はＭＲの二期目と日本脳炎の一期二回目を受けなければならないことがわかった。

――申し訳ないですが、ここにあるのは定期の予防接種のデータだけなんです。任意の予防接種のデータは役所には残っていないので、病院に直接聞くしかないですね。

ロタウイルスのワクチンは接種させた記憶があるが、おたふくについては覚えがない。子どもたちが小さい頃に住んでいた東京では、何度も引っ越しをしてそのたびにかかりつけの病院も変わったので、どこの病院に聞けばいいのかわからない。「探偵！ナイトスクープ」に依頼することも考えたが、おたふくは受けていなかったような気がしたので、一回目の接種として受けることにした。

予防接種には絶対に受けたほうがいいという説と、副反応が怖いから一切受けないほうがいいという説とがある。予防接種を受けさせるに当たって気になった私はいろいろ調べたが、「ほどほどに受けておけばいい」みたいな中庸の考えは見つけられなかった。それなら、どちらかといえば副反応のほうが怖いな、と思った私は、いくつかの予防接種を受けさせないことにした。次女のＢＣＧはその理由で受けさせていなかったのだが、おたふくもそれと同じだった気がしたのだ。

こうして、なんとか予防接種問題を解決したのはいいが、子どもの命に関わる超重要なデータが母子手帳にしかない、という事実へのモヤモヤは残った。

結婚していた頃、私は予防接種の関連本を読み漁り、ネットで調べ、何人かの小児科医にたくさん質問して、予防接種を受けさせるべきかどうかを真剣に悩んだ。ところが、複数の予防接種を並行して受けさせるスケジュールやその進捗については、すべて元妻に管理してもらっていた。それは「母子」手帳で予防接種のデータを管理するシステムのせいだった。

母子手帳には、予防接種だけでなく、妊娠中と産後の母親の体重や健康状態、母親学級の受講歴から、生まれたときの子どもの体重や身長、検診の記録など、母親と子どもに関する情報を書きこめるようになっている。さらには、そのときどきの感想を書く欄もある。元妻は筆まめなほうではなかったものの、それでも生まれてきた子どもへの愛おしい気持ちや心配事、月齢や年齢に応じた細かい観察などが書かれているのをちらっと見たことがあるが、見てはいけないものを見た気がしてそっと閉じた。なんというか、非常にプライベートな情報に触れてしまった気がしたのだ。

もちろん、妊娠中や産後の、母親の心身の状態は記録しておく必要があるのだろうし、乳児の健康状態は、多くの時間を一緒に過ごしているのなら母親が記録するのが妥当だろう。母親の感想も、時間が経って、たとえば子どもが反抗期になって「本当に憎たらしい」と思うような時期に読み返せば、気持ちも新たに子どもに向きあえるきっかけになるかもしれない。私自身、母親がつけていた母子手帳を十代の頃に読んで、自分の親はこんなふうに親になっていったんだ、と知って驚いた記憶がある。

だが、母子手帳に予防接種のデータや、出生時の体重・身長など、子ども自身のプライベートな情報が集約されていることには納得できない。予防接種のデータは子どもの命に関わることだし、小学校の入学時や、海外に留学する場合などに提示を求められる。それほど重要なデータがアナログ方式で管理されていることには違和感を禁じ得ないし、何より「母子」手帳というネーミングからは、「子どもの情報は母親が管理するべき」「育児は母親が主体となってやるもの」という考えが透けて見える。

結婚していた頃、私は妊婦検診にも母親学級にも、子どもの検診にも予防接種にも毎回付き添って行っていた。スマホで子どもの写真を撮りまくっては毎月一冊ずつアルバムにまとめていたし、休日には絶対に予定を入れず、家族だけで過ごしていた。要するに子どもに関することには興味津々だったのに、予防接種のスケジュールの管理は元妻に丸投げしていた。

いや、予防接種だけではない。子どもが風邪をひいて病院に連れて行くとき、小さいうちは母子手帳の提示を求められることが多かったので捜したが、しまってある場所がわからず、元妻のパート先に電話をして聞いたこともあった。それは、「母子」という聖域に属する母子手帳や、そこに記載されている事柄に、母親以外の者が安易に手出し口出しをすべきではないと考えていたからだろう。

だが、離婚してシングルファーザーとなり、小児科の受付や、保育園・小学校への提出書類で、子どもの予防接種のデータや出生時の体重・身長を開示するよう求められるたびに、私は「父」として、日本における子育てのシステム上、そうした情報から遠ざけられ続けてきたことを実感した。

「母子手帳」ってネーミング、おかしくないか？　「こども手帳」でええやん。それか、せめて「親子手帳」。

「父」として、日本における子育てのシステムから排除されている、という感覚は、たとえば保育園や学校から配布される子育て関連のタウン誌やフリーペーパーを眺めているときにも感じる。子育てをテーマにしていながら、表紙はたいてい女性だし、特集記事も「働くママのための時短レシピ」「先輩ママが教えるランドセルの選び

方」などママで溢れている。毎日子どもたちのご飯を作って、ランドセルも選んできた私は、

――えーっと、ここは「ママ」を「パパ」に置き換えても問題ない話やんな。

と頭のなかで翻訳して、情報だけを抜きださなければならない。しかもそれは私がシングルファーザーで、それらの情報を切に必要としているからやっていることで、夫婦で子育てをしている家庭なら、否応なくすべては母親だけが受け取るべきものになるだろう。

育児に無関心な夫、はたびたびSNSで炎上している。

たとえば産後数ヶ月の妻が体力的にも精神的にも限界近くになりながら子育てをしているなか、風邪をひいているのに仕事から帰るなり「おれのメシどうすんの?」と聞いてくる夫は、控えめに言ってもクズだろう。だがそれは人格の問題ではなく、その人をそんな人間に仕立てあげた、日本における「母子」を重視した子育てのシステムの問題だ。

シングルマザーにフラれた話

その人に出会ったのは、子どもたちが保育園に入園してひと月ほど経った頃。夕方に保育園へ迎えに行って、帰り支度をさせて外に出たところ、大雨が降っていた。家を出るときには曇りだったので傘を持ってこなかった私は、保育園の玄関先で途方に暮れた。

通り雨なら止むまで待つか……と空を見あげるが、雨脚は強くなる一方。子どもたちはすぐに焦れて、「パパー、早く帰ろうよー」と手を引っ張ってくる。仕方ない、走って帰ろうと玄関のドアを押したときだった。

「あの……よかったら使います？」

後ろから声をかけてきたのは、何度か見かけたことのあるママさんだった。水滴の一面についたビニール傘を、こちらに差し出している。

「歩きですよね？　うち車やし」

「……いいんですか？　助かります。ありがとうございます」

ママさんは連れていた女の子を急かしながら、車のところまで走っていった。

「さっき傘貸してくれたお母さんの子、誰ちゃんやったっけ？」

「くうちゃんやで、きつね組の」

私たちは三人で一本の傘に入り、大雨のなか家に帰った。きつね組は年中のクラス名だ。忘れないうちに、「くうちゃん」とスマホにメモった。

翌日から毎日、私は送迎時にビニール傘を持ち歩き、くうちゃんママに返す機会を窺った。ようやく帰りの時間が一緒になり、傘を返すことができたのは数週間後だった。それいらい、私はその時間帯を狙って迎えに行くようになり、くうちゃんママと話すようになった。

たまご組の頃からくうちゃんを預けて五年目になるママは、保育園や地域の行事に詳しく、右も左もわからない私にあれこれと教えてくれた。日々の持ち物のこと、先生のキャラ、一年の流れ……いつの間にか私も、心のどこかで頼るようになっていた。

引っ越したばかりの京都には、友達も知りあいもほとんどいなかったので、とても心細かった。ようやく入れた保育園でも、他の子どもたちは何年も通っている場合が多く、送迎などで顔をあわせる保護者たちの間にはすでに人間関係ができあがっているようだった。しかも、見かけるのはほとんどママさんばかり。シングルファーザーの私が、その輪のなかに入っていくのは至難のワザに思えた。

そんななか、自然な態度で接してくれる、くうちゃんママは天使のようだった。

ある日曜日、朝から私は子どもたちとバスに乗って、少し遠くの公園へ遊びに行った。おにぎりと水筒だけ持っていき、コンビニで唐揚げを買って食べてから、大きな遊具や池のある公園で子どもたちと走り回って遊んだ。

日がかなり高くなった頃、他にも遊んでいた何組かの親子のうちのひと組がこちらに近づいてきた。笑顔でうちの子どもたちに手を振っているのは、くうちゃんママ‼

――何して遊んでたん？　てんとう虫捕まえたんやー、可愛いね！

と話しかけられて、子どもたちも恥ずかしそうな笑顔になった。子どもたちとくうちゃんは、すぐに一緒に遊び始める。鬼ごっこをしたり、三人くっついて滑り台を滑ったり。

少し離れたところでその様子を見ながら、私はくうちゃんママと話をした。

「ちょっと前に東京から京都に越してきて、ひとりで子育てしてるんです」

「そうなんですか。私もちょっと前に離婚して、ひとりなんですよ」

シングルマザーの女性と会話をしたのは、京都に来てから、いや、生まれて初めてだった。

──仕事終わって保育園迎えに行って、帰ってからご飯作ってお風呂入れて寝かしつけて……毎日必死ですよ。イライラしてつい、怒ってまうこともあるし。でも子どもの寝顔見たらそれも吹き飛んで、ごめんなーって思います。

──手の込んだ料理作らなくても、喜んでくれるんですよね。こないだすごく疲れてて、カップラーメンしかだせなかったんですよ、晩ごはん。でも美味しい美味しいって食べてくれて。

──元夫は、離婚しても子どもの父親だから会わせてます。でも会った日は、帰ってきたら泣いてるんです。ぎゅーってして、ママは大好きやで、一緒にいたいで、って泣き止むまで待ってます。

くうちゃんママの話はどれもこれも、他人事とは思えなかった。それまで感じてはいたけれど言葉にできなかったことを言葉にしてもらっているような安心感を、私は抱いた。話している合間にこちらにやってくる子どもたちに、くうちゃんママは話しかけ、おにぎりやお菓子を食べさせ、抱っこして、一緒に遊んでくれた。日が暮れて、私たちは別々の方向に帰った。

その夜、子どもたちを寝かしつけた後に、私はくうちゃんママのＬＩＮＥアカウントを探した。保育園の連絡網用グループＬＩＮＥのメンバーのなかに、くうちゃんママはいるはずだった。ところが、ほとんどのママたちは本名ではなくおしゃれなハンドルネームで登録していて、探索は困難をきわめた。そもそも、くうちゃんママの本名すら知らないのだ。

運動会や夏祭りの連絡事項をさかのぼり、数十人のアイコン画像をチェックしてようやく、くうちゃんらしき女の子の後ろ姿を使用しているアカウントを突き止めた。当該アカウントの発言内容から、五分五分の確率でくうちゃんママだと判断した私は、イチかバチかでメッセージを送ってみた。

——今日はありがとうございました。とても助かりました。

これなら誤爆しても問題はないし、感謝の気持ちも伝えられている。大満足でLINEを閉じようとしたところで、返信がきた。

——こちらこそ、ありがとうございました（*^_^*）とっても楽しかったです。パパさんを見てて、娘さんたちにすごく愛されてるんだなと思いました。ふだんから保育園でそう思ってましたし、今日も公園で（以下略）。

とても丁寧で、思いの溢れる内容だった。お互いひとりで子育てをしている者どうしにしかわからない、気遣いや優しさが感じられた。またもや私は、大きな安心感に包まれた。

特別な《ママ友》ができた。まだまだ話したいことがたくさんある。子どもたちも、これからたくさん遊ばせることができたらいいな。その日の午後の思い出と、くうちゃんママの優しさに気が緩んだ私は、すかさず返信をした。

——こちらこそ、うちの子たちとも一緒に遊んでくれてとても嬉しかったです。これからも仲良くしてくださいね。そういえば明日、保育園で遠足ありますね。雨降らないといいなあ（以下略）。

——いつもほんとに、いいお父さんだなって思ってたんですよ。お互いしんどいこともあるけど頑張りましょうね！　ただ私、彼氏がいるんです。だから個人的に連絡取るのはできないんです。ごめんなさい。また保育園で会ったら話しましょうね。

……私はすでにフラれていた。

美味しそうな果物のなっている樹に喜んで登った後でハシゴを外され、仕方なく飛び降りて大ケガをしたような気分。私は涙を流しながら、くうちゃんママの連絡先を消した。

翌日から、くうちゃんママとは保育園で会っても軽く挨拶をするだけになった。

もし私が女性なら、シングルファーザーではなくシングルマザーなら、くうちゃんママと友達でいられたのだろうか？　男性だというだけで、よそのママさんと友達になることができないのだろうか？

同じくらいの年の子を育てているママさんと、友達になりたいな。そんなことを初めて思った。

第四章

シングルファーザーとママ友

誰にも頼れない……
そんな孤独を変えた「ママ友の力」

シングルファーザーとして子育てを始めたばかりの頃、私はひとりで子どもを育てる不安と孤独に押しつぶされそうになっていた。

結婚していたときには、私は会社勤めをしていたので、子どもたちとゆっくり関われるのは休日だけだった。平日は元妻が子育てをしていたし、月に一、二度は元妻の実家に顔をだして甥っ子や姪っ子たちと一緒にご飯を食べたり出かけたりしていた。何かあれば元妻の両親やきょうだいを頼ることができたので、多くの大人の手で子どもたちを育てていたという実感があった。

ところがそうした手から離れてしまうと、子育てをするうえで他に頼れる人は東京にいなかった。二十年近く暮らしていたので友達や知りあいはたくさんいたが、住んでいる場所が離れている。保育園関係はほぼ元妻に任せていたので、そちらの人間関係はわからないし、近所付きあいもほとんどしていなかった。

つまり、万が一私が病気やケガで動けなくなったときに、子どもたちを助けてくれる人が周りにいなかった。実家のある京都に引っ越したのは、そのためだった。実家には両親がいるので、万が一のときには頼ることができる……とはいえもう七十代なので、頼れることにも限度があるのだが。

東京でしていた仕事は事情を話すとリモートワークに切り替えてもらえたので、自宅で仕事と家事と育児に専念する日々が始まった。子どもたちは、とつぜんの環境の変化についていけず、情緒不安定ぎみだった。とくに長女は、二、三ヶ月に一回は赤ちゃん返りしたかのように転げまわって大泣きした。何を話しかけても泣き止まず、私はひたすら抱っこをして、長女が泣き疲れるまで一時間ほど待ち続けた。

長女がそういう状態になるには前触れがある。とつぜん抱っこをせがんだかと思うと、右のほうに連れてってという。右に行くと、今度は左に行ってといい、左に行くと今度は右、ということを繰り返す。あるいは、ご飯を食べたくないと、食卓に着かない。そのまま放っておくと、やっぱり食べるといい、食卓に着かせるとまた食べないという。お風呂に入る・入らないや、寝る・寝ないなど、似たような問答がしばらく続くと、たいてい大泣きが始まる。イライラして、長女を怒鳴りつけたくなったときもあったが、ぐっとこらえて、長女を抱きしめた。そんなとき思うことはいつも一緒だった。

——そばに誰かいて、ちょっとのあいだだけでも代わってくれたらなあ。

いわゆる「ひとり親」になるということは、それまで夫婦ふたりで運んできた荷物を、ひとりで担ぐことになるということ。重さに耐えきれなくなって手を放してしまえば、荷物は落ちて壊れてしまう。

——子どもの命って、こんなに重いものやったんや……。

もし私に何かあれば、この子たちは死んでしまうかもしれない。これほど大きな「死ねない理由」ができたのは、生まれて初めてのことだった。

とはいえ、孤独感や不安感を子どもの前で見せるわけにはいかない。娘たちの前ではいつも笑って、楽しく過ごすよう心がけた。

その頃の唯一の社会との接点は、子どもたちの保育園への送り迎えだった。

他の保護者たちとは、すれ違ったときに挨拶はするが、立ち話をしたりできるような人はいなかった。唯一仲良くなれたくうちゃんママにも、さっそくフラれてしまった。六月になると懇談会が開かれた。クラスごとに行われる集団での懇談会で、午前中は次女の、午後からは長女のクラスに初めて参加した。園での子どもたちの様子を先生から聞いたり、家庭での生活で気になることを話しあったりするのだが、なかなか私はその輪に入れなかった。というのも、私以外は全員ママさんで、しかも気の強そうな人が多かったからだ。仲良しグループがすでにできているようで、何組かに分かれて楽しそうに話しているのだが、誰が誰のお母さんなのかもわからない。そもそも子どもたちの友達の顔と名前も数人しか覚えていない。

話したいことはたくさんあったが、誰に何を話しかければいいのかわからなかった。

――男性はひとりだけだし、向こうも戸惑ってるのかも。

そんなふうに思うと、思いっきり場違いなところにいる気がした。会が終わってから談笑するママさんたちを尻目に、私はそそくさと帰った。

――生活は落ち着いてきたけど、寂しいな、話し相手がほしいな。

帰り道に初めてそんなことを考えた。このまま孤独な生活を続けて、寂しい老後を迎えるのかと思うとぞっとする……。一度「寂しい」という気持ちが湧いてくるとおさまらず、泣きそうになりながら歩いていたところ、

「どこ行ってたん？　懇談会やろ？　年長のクラスは時間長いから、疲れたんちゃう？」

とつぜん声をかけられて、私はものすごくびっくりした。話しかけてきたのは、同じ町内に住むママさんだった。そういえば、子どもたちを家の前で遊ばせているとこ

ろを何度か見かけたことがある。

彼女も同じ保育園に子どもたちを通わせていることがわかり、その場で立ち話をしていると、近くに住むママさんがもうひとり、家から出てきて加わった。保育園の行事・役員・先生たちのキャラや、子どもたちのこと、仕事のことなど、初対面なのに小一時間も話し終えたあたりで、最初に声をかけてきたママさんからこう聞かれた。

「名前は？　なんて呼ばれてんの？」

「学（まなぶ）だけど、友達からは『がく』って呼ばれたりしてるかな」

「じゃあ、がくちゃんにしよ。私は……」

この日を境に、下の名前で呼びあえる初めてのママ友がいっぺんにふたりもできた。このふたりが、長女が救急車で運ばれたときにＬＩＮＥを送ってくれた、りっちゃんとあかりちゃんだ。子どもたちどうしもすぐに仲良くなった。保育園から帰ると子どもたちは暗くなるまで外で遊び、私たちはお喋りをしながらそれを見守る。さらに話し足りない日には、それぞれの家に帰って子どもが寝た後にも、夜遅くまでＬＩＮＥで話した。

りっちゃんは、大らかでいつも笑っていて、どんな話をしても否定せずに聞いてくれる。あかりちゃんは、正直で正義感の強い人で、私が怒っていると一緒に怒ってくれ、嘆いていると一緒に悲しんでくれる。

何より、ふたりは子育てをするうえでの楽しみ方や息抜きの仕方が似ていて、ふたりと接するうちに私はずいぶん肩の力が抜けて気が楽になった。子どもを通して、京都に引っ越した後にできた初めての友達がふたりだった。子どもたちにも、いっぺんにたくさんの友達ができた。このことが私には、おそらく子どもたちにも、どれほど心強かっただろう。

数ヶ月が経った頃に、次女と同じクラスのちえちゃんのママから、餃子パーティーに誘われた。この頃には、入りにくかった「ママたちの輪」にも少しずつ慣れて、送り迎えするたびに挨拶をしたりする顔見知りのママさんが何人かできていて、そのなかのひとりだった。

隣町にあるちえちゃんのお宅にお邪魔して、子どもたちと一緒に餃子を作った。シュウマイや、洋服や、馬車などの形をした、子どもたちが皮に包んで作った餃子を食べながら、たくさん話をしたのを覚えている。ちえちゃんは、お母さんのことを「母ちゃん」と呼んでいた。

やがて私のこれまでの生き方や、赤ちゃん返りをしていた長女の様子を話すと、「母ちゃん」は、離婚や引っ越しなどの環境の変化が子どもたちに与える影響をとても心配してくれた。そして、私たちの暮らしが寂しくならないようにと考えてくれたのか、ほぼ毎週末、一緒に出かけたりご飯を食べたりするようになった。

私の子どもたちも、彼女のことを母ちゃんと呼んでいる。その呼び方について話したとき、彼女はこう言っていた。

「東京には産みの母親の『ママ』がいるけど、京都にはいないでしょう。でもこの時期のこの子たちには、親代わりの女の人が必要だと思う。だから私は、京都の母ちゃんでいたい。思春期になって、『〇〇ちゃんのお母さん』に戻るかもしれないし、私の手を振りきって東京のママのところに行ってしまうかもしれない。でも、いまはただの『母ちゃん』として、この子たちのそばにいてあげたい」

「母ちゃん」は、よき相談相手であり、バカな話をして笑ったり、なにかと世話を焼いてもらったりと、私にとっては「お姉ちゃん」のような存在でもある。

さらに、同じ町内でふたりのママさんと仲良くなった。それが、長女が学校に行きたくないと言ったときに心配してくれた、モモちゃんとようちゃんだ。りっちゃんとあかりちゃんの友達で、紹介されて一緒に立ち話をするうちに仲良くなった。

モモちゃんは初対面ではクールそうだな、という印象だったが、仲良くなるととても優しかった。立ち話をしているときにちらっと話したことでもよく覚えていて、後になってアドバイスをくれたり、助けてくれたりする。つい最近も、私の子どもたちの髪をカットしに美容院に行こうとしていたら、「私がやったげる」とうちの前の路上でカットしてくれた。

ようちゃんは、気さくで楽しい。どんな話でも聞いてくれるし、共感力の高い人なので、深刻なことも話しているうちに楽しくなってくる。私が文章を書く仕事をしていると知ってからは、保育園からもらう書類などでわかりづらいものがあると「これ解読して」と頼まれたりするようにもなった。頼ってもらってるんだな、と思うと嬉しくなる。

こうして仲良くなった五人のママさんたちと私で、「パパママ友」というＬＩＮＥグループを作った。学校や保育園のことで気になることを皆で話しあったり、わからないことを皆に聞いたり、「いま○○ちゃんうちに来てるよ」などと子どもの動向を伝えたりするのに使っている。

ママ友だけではなく、子どもたちからも私は「がくちゃん」と呼ばれていて、「がくちゃん邪魔！」「そこ立ってたらテレビ観えへんねん！」みたいな、ちょっと鈍臭い子のような扱いを受けている。

私の親の世代にあたる近所の人たちとも家族ぐるみで仲良くさせてもらっていて、家に遊びに行ったり、糠漬けやお菓子をもらったりする。

新型コロナウイルスの影響で、集まりは自粛せざるを得なくなったが、一歩外に出ればママ友や、子どもたちや、近所の人がたくさん話しかけてくれる。いつの間にか私は、たくさんの仲間たちに支えられながら子育てをしていた。

——もし私に何かあれば、この子たちは死んでしまうかもしれない。

シングルファーザーとして子育てを始めた最初の頃に感じていた、そんな孤独感や不安感は、いまではかなり弱まっている。私はその重い荷物をたったひとりで背負っているわけではない。ママ友や子どもの友達など、多くの人たちが少しずつ、一緒に支えてくれている。

子どもたちが困ったとき、辛いとき、私の顔だけでなく、そうした周りの大人たちや友達の顔も一緒に頭に浮かんでくるだろう。そんなふうにして私は、仲間に助けられながら子育てをしている。

子育てをしている人のなかには、ここまで密接に他の家庭と関わるのはしんどい、と思う人もいるだろう。私も結婚して東京で暮らしていたときには近所付きあいなどほとんどしていなかった。だがひとりで子育てをするようになって、周りの人に頼らざるを得ない場面がおのずとでてきた。そんなどうしようもないときには、頼ったほうがいいのではないかと思う。案外、助けてくれる人はいるものだし、感謝の気持ちを忘れずにいれば今度は自分が何かの役に立てることもある。

子どもは家族だけでなく、地域や社会で育てるという考え方が当たり前になれば、子どもも大人ももっと楽になれるんじゃないだろうか。

子どもの前で女装することがシングルファーザーの第一歩だった

――がくちゃん、今度女装してきてや。

初めて子どもたちの前で女装をしたのは、ママ友りっちゃんのひと言がきっかけだった。ちょうど、公園で遊んでいる子どもたちを見ながらお喋りしていたときのこと。その日は、みんなでご飯を食べに行く計画を立てていた。

――いいやん！　私も見たいわ。してきてやー。

一緒にいたあかりちゃんも、乗ってくる。ふたりには、知りあった最初の頃から「たまに女装するねん」と話していたのだが、興味津々だった。全く抵抗なく受け容れてくれているだけでなく、一緒に楽しいことをしたいという屈託のない気持ちが伝わって嬉しかった。

ご飯を食べに行くメンバーは、いつも近所で遊んでいる子どもたちやママ友たち。誰かが日程を決めてＬＩＮＥグループで提案し、集まれるメンバーだけ集まり、役割分担も適当にやっていた。揉めたことは一度もない。町内会や保育園の役員どうしが揉めている話はよく聞くが、私たちは何かをきっちり決めたことがなく、お互い子どもたちや相手のことを思って自然に動いているうちにまとまるので、揉めることがないのだろう。

育児に対する感覚が近いのも、その理由のひとつに思える。大らかなのか大雑把なのか、目先のことに一喜一憂せず、遠くを見据えて子どもの成長を楽しみに見守っている、そんな姿勢が似ているのだ。子どものことで悩んだり困ったりしたときに、みんなに話すと気が軽くなって、気持ちに余裕ができたことが何度もある。私もまた、みんなにとってそんな存在でいられたらいいなと思う。

このグループで予定を合わせて、月に一回のペースであちこち出かけた。お花見、バーベキュー、プール、スイカ割り、いちご狩り、クリスマス会、豚汁パーティー、たこ焼きパーティー、ご飯会……パパさんも来ることがあり、多いときには総勢大人十一人、子ども十三人になる。ちょっとした村なみのスケール感だ。

ご飯を食べに行くときは、近所の安い居酒屋を行きつけにしていた。週末の夕方に三時間のコースを予約する。私は毎回、予約係をしていた。広い個室を借りて、大人と子どもとテーブルを分けて食べるのだが、すぐに大騒ぎになる。ポテトフライや唐揚げが皿からこぼれ、誰がピザを切り分けるかで揉めている子がいたり、隣の個室に乱入して他の客に遊んでもらっている子がいたり。もちろん注意はするのだが、一歳から九歳までの子どもたちが十人以上揃うと、手綱を取るのは至難のワザになる。

それでも店員さんたちはにこやかに接してくれていたし、手が空いたときには子どもたちの相手をしてくれたりもしていた。他のお客さんたちも、子どもたちが近くに寄ると話をしたり遊んだりしてくれていた。お店側のご厚意に甘えていつもその店を選んでいたので、私は今回も予約の電話を入れた。

数ヶ月ぶりに女装をすることになった私は、りっちゃんとあかりちゃんが受け容れてくれたことを嬉しく思うと同時に、子どもたちにその姿を見せてもいいのかな、という不安も少し抱いた。

女装姿の写真を見せたことは何度もある。何も説明しなくても「これパパやんな」とすぐにわかるし、「可愛いね」と言ってくれたりもする。だが、別れた元妻はそのことをとても嫌がっていた。女装した私が同じ趣味を持つ人と浮気をするのではないかと疑ったり、女装趣味のことを原稿に書くと、近所の人に知られたら子どもがいじめられるのではないかと心配したりしていた。元妻の父親から、「学くん、頼むから女装をやめてくれないか」と頭を下げられたこともある。

そうした考えはわからないこともなかった。私とは価値観の違う人はたくさんいるだろうし、知らないところであることないこと言われるかもしれない。また、子どもは正直なもので、変だとか気持ち悪いと思えばそれを娘たちに言うかもしれない（現に離婚した後にできた娘たちの友達は、「なんでお母さんおらへんの？」「なんで離婚したん？」などと、私や娘たちに躊躇（ちゅうちょ）なく聞いてくる。娘たちはあっけらかんと「ママは東京にいる」「ママとパパ喧嘩したから離婚した」と答えている）。

だとしても、それは女装に限らずあらゆる行いについていえることで、「これをしたら世間にどう思われるだろう」と思いながら生きているのはもったいない。そんな生き方をしていつか後悔するよりは、やりたいことをやったほうが絶対にいい。もし偏見で何かを言う人がいれば、その人が間違っているだけだ――私はむしろ、子どもたちにそう伝えたかった。私の生き方から感じ取ってほしかった。

とはいえ、心のどこかで世間の目を少しは気にしていたのだろう。それまで子どもの前で女装をしたことがなかったのは、それを恐れていたからかもしれない。だとすれば、この機会にその恐れを克服したい……。

ママ友たちに背中を押される形にはなったが、子どもの前で女装をして、近所の子どもたちやママ友たちと楽しく過ごせれば、私の伝えたいことが子どもたちに伝わるんじゃないかと思った。そうすることで私はようやく、シングルファーザーとして第一歩を踏みだせるんじゃないかと。

シングルファーザーとして子育てをするということは、私ひとりの価値観に子どもたちを染めてしまうことだ。夫婦が揃っていれば、子どもは両親の価値観をそれぞれ相対化することができるが、ひとりしかいなければそれができなくなる。場合によっては、私の何気ない言動が、子どもたちの考え方や感じ方に大きな影響を与えてしまうこともあるだろう。良い影響を与えることもあれば、そうではないこともあるかもしれない。

それをコントロールすることはできない。だがせめて、どんな影響を与えようと、それは私の誠実なふるまいの結果である必要があると思った。世間の目や偏見を恐れずに、本当にやりたいこと、信じたことを貫く。それがシングルファーザーとして、子どもに対して誠実にふるまうことではないだろうかと。

「女装してきてや」とリクエストされたご飯会の当日、私は子どもたちを保育園に迎えに行き、家に帰ってから、子どもたちが遊んでいる横でおもむろに女装を始めた。

とりあえずパンツ一丁になってからブラトップをつける。ワコールで買った四千円ほどのブラトップで、何も詰めていなくてもいいラインがでる。服は白いワンピースを選んだ。続いてウィッグ専用のネットを被る。

このあたりで子どもたちは気がつき、「パパ！　どうしたん一体！」と爆笑し始めた。目の前で変身していくところを見て驚いたのだろうが、それよりもワンピースを着て髪をネットでまとめている状態が斬新だったのだろう。カエルになりかけのおたまじゃくしみたいなもので、中途半端感が満載だ。

――パパー、なんでワンピース着てんの？

――なんでおっぱいあるの？

などと子どもたちはまとわりついてくるが、時間も押していたので適当に返事をしながらメイクに取りかかった。まずはシェーバーとカミソリで丁寧に髭を剃ってから、洗顔をする。化粧下地とリキッドファンデーションを伸ばすと、鼻の下や口の周り、頬に真っ赤な口紅を塗っていく。かなり濃く、ぐるぐると、カールおじさんみたいになるまで塗ったところで、上からコンシーラーを重ねる。コットンで押さえるようにして広げていくうちに、口紅とコンシーラーが混ざりあって髭の剃り跡の青みを消し、顔色に赤みが差してくる。

かなり効果はあるが、なかなかめんどくさい工程でもあるので、近いうちに脱毛器を買おうと思っている。髭だけでなく全身脱毛もしてしまえば、急な女装にも対応しやすくなるからだ。子どもたちは口紅を口の周りに塗りだしたあたりでまた爆笑していたが、そのうち飽きてどこかへ行ってしまった。

気になるところにファンデーションを足してから、アイメイクに取りかかる。アイシャドウは、最初は淡い色のものを選んでナチュラルな感じに仕上げていたが、それだと少し離れたところから見ると女性っぽい感じがしないと友達から指摘されたことがある。そう思って女装している人のインスタグラムをいくつも見てみると、たしかに濃い色のアイシャドウを塗っている人が多い。おそらく近くに寄るといかにも女装してます、メイクばっちりです、というふうに見えるのだろうが、写真に写ったり、少し遠くから見られたりするときには女性らしいという印象を与えやすくなるのだろう。そう気づいてからは、青系の濃い色のアイシャドウを厚めに塗るようにしている。

アイラインはいまだにうまく引けない。リキッドタイプの細いものを使っているが、指先が震えてズレてしまったり、左右非対称になってしまったり。慣れと絵心の問題かとも思うが、たまにしかメイクをしないので毎回振り出しに戻ってしまい、メイクを覚えたばかりの高校生みたいなアイメイクになってしまう。

マスカラを塗ってからビューラーでまつ毛を上げる。つけまつげをつけていたときもあったが、目の周りが痛くなって肩が凝り、頭痛がしてくることもあるので、いまはつけていない。三十歳の頃に緑内障を発症してから、眼圧を下げる目薬を毎日差しているのだが、その副作用でまつ毛がふさふさになってしまったので、つけまつげがなくて困ったことはない。逆にふさふさになりすぎて、数年ぶりに会った人からは「つけまつげてる?」「顔変わった?」と聞かれることもあるし、まぶたが重い感じがするのでときどきカットしているくらいだ。

そういえば、緑内障の治療用の目薬に含まれる成分はまつ毛用の育毛剤にも使われているらしく、定期的に購入すると目薬の十倍くらいのコストがかかるらしい。

眉毛は男性と女性で生え方が違い、男性の眉毛は中央部が尖った形をしているが、女性の眉毛は全体的に太さが均一だ。その違いをカバーするために全体的にやや太めに描き、眉尻は下げぎみにする。

額や頬などに顕著だが、男性の顔は女性の顔に比べて直線が多い。その直線が残っていればいるほど女装したときの違和感が増すので、女装メイクの基本は直線を曲線に変えていくことだといえる。頬骨の印象を和らげるためにやや高い位置にチークを入れ、口紅は唇の形をはみだすくらい厚めに塗るのも、曲線を増やすための工夫のひとつ。

最後にウィッグを装着すると、一気に印象が変わり、女性っぽくなる。この日は明るい茶色の毛先の巻かれたセミロングのウィッグを装着した。ヘアスタイルは微妙な違いでも印象を大きく変えてしまうので、短髪からセミロングに変えただけで別人のように見えてしまう。私はこの瞬間がいちばん好きで、たぶん仮面ライダーのベルトやプリキュアの変身道具のおもちゃを手にした子どもと同じような、万能感が胸に溢れる。

数ヶ月ぶりに女装をした私が居間に戻ると、子どもたちはちらっとこちらを見たが特に何も言わず、「早く行こうよ」と手を引っ張った。女装にはもう飽きて、意識はご飯会のほうに集中しているらしい。パンプスを履くと女性にしてはデカくなってしまうので、底の平たい靴を履いて外に出る。この日食べに行くのは三家族で、りっちゃんの車に同乗させてもらうことになっていた。

——ええ感じやん！　似合うやん。

とりっちゃんとあかりちゃんは喜んでくれた。彼女たちの子どもたちは「なんでそんな恰好してんの？」「キモっ」などとひとしきり騒いでいたが、車が店に着く頃には誰も気にしなくなっていた。

いつものように子どもたちは大騒ぎしながらご飯を食べ、大人たちは子どもたちを見ながら途切れ途切れに話をする。公園や道端でしょっちゅう立ち話をしているのだが、こういう場所で話すと新鮮で楽しい。実際には外で遊ばせているときよりしっかりと子どもたちを見ていなければならないので、落ち着いて話せはしない。だが、ちょっとした非日常感がスパイスになって、子どもたちも大人たちも、何かとても楽しいことを共有できたという記憶が残る。その非日常感の前では私の女装姿はすでにインパクトを失っていて、私自身も女装してきたことを忘れているほどだった。

新型コロナウイルスの影響で、私たちは半年以上、みんなで集まって遊びに行くことをしていない。落ち着いたらまた遊びたいね、とたまに話すが、それがいつになるのかはわからない。もしかすると、以前のようには気軽に集まることはできなくなるかもしれない。それでも、何か別の形でみんなと体験を共有し、笑いあえたらいいなと思う。

ともあれ、女装姿は子どもたちにも近所の人たちにもごく自然に受け容れられた。そのおかげで私は、自分のなかにある世間の目や偏見に屈することなく、やりたいことと、信じていることを貫くことができた。そして、シングルファーザーとしての第一歩を踏みだせたと感じた。

ママ友が路上でいきなり娘の髪を……！「不思議すぎて夢見てるみたい」

子どもたちの髪が伸びたので、カットしてヘアドネーションの活動をしている団体に送ることにした。ヘアドネーションとは、病気や事故などで頭髪を失った子どもたちのために、医療用ウィッグをプレゼントする活動だ。ウィッグを作るための髪は、規定の長さを満たしてさえいれば誰でも寄付することができる——近所に髪を寄付した子がいて、そのお母さんから聞いてあらましは知っていた。私が通っている美容院に電話をしたところ、ヘアドネーションに対応しているとのことだったので、予約を入れた。

ヘアドネーションをするには十五センチ以上か三十一センチ以上の長さがなければならず、それに合わせて切るとショートボブになってしまう。そこまで短くするのは初めてのことだ。ふたりとも乳児の頃から髪がなかなか伸びず、心配して病院に行ったこともあるが（とくに長女のときは何もかも初めてだったので、いちいち不安になった）、

「そのうち生えてきますよ」と言われただけだった。髪質も細くて薄いため、これまで数えるほどしか切ったことがない。とくに後ろの髪を、揃えるのではなく短くするために切るのは生まれて初めてのことで、本人たちは楽しみにしているが、私は感慨深かった。

美容院の予約が夕方になったので、とりあえず昼ご飯を食べることにした。休日の昼ご飯はたいていそうめんかチャーハンに決まっている。簡単に作れて美味しいからだが、そういえば私が小学生の頃の土日の昼食はたいていチャーハンかオムライスで、あるとき「チャーハン飽きたから違うのにして」とクレームを入れたところ、翌週から毎回違うメニューになった。母親は内心ムカついていただろうな、といまでは思う。そのうち私もクレームを入れられるんだろうか。

ご飯を食べてのんびりしていると、チャイムが鳴って近所の子どもたちが遊びに来た。小学生の子にせがまれてアニメ版『鬼滅の刃』を観せていると、他の子たちも続々と遊びに来た。私が子どもの頃に読んでいた藤子不二雄のマンガを黙々と読む子がいれば、おもちゃ箱からリカちゃんやメルちゃんなどの人形を取りだして遊ぶ子もいる。未就学児の子たちが集まって魚釣りゲームをしている横で、テレビを観ていた子たちがトランプをだしてきて神経衰弱を始めた。

アクションシーンやビジュアルがかっこよく、テンポよく進んでいく『鬼滅の刃』に観入っていた私は、ふと思い立って部屋のなかにいる子たちの人数を数えてみた。二歳から小学四年生までの子どもたちが九人、八畳のスペースで自由気ままに遊んでいる。いつからうちは児童館になったんだろうとぼんやり考えていると、子どもたちは飽きたのか、一斉に外にでていった。

百均で買った四色入りのチョークで、うちの前の道路に子どもたちは絵を描き始めた。アンパンマン、ラプンツェル、線路、自動車……思い思いに好きな絵を描いている子がいれば、家から自転車やキックボードを持ってきて乗り回している子もいる。しばらくするとボール遊びが始まり、加わらない子たちはうちの中庭に入りこんで焚火ごっこをやりだした。焚火ごっことは、スタンド型の物干し台を支えるために置いてあるブロックを四つ組みあわせて、そのなかに拾ってきた短い枝を入れる遊び。もちろん火はつけないが、焚火のセッティングをするプロセスが楽しいのか、頻繁にやっている。

家の外壁と塀のあいだの五十センチくらいの隙間も子どもたちに人気で、ぐるりを一周回る途中にいろんなトラップを仕かけてから誰かにそこを通らせる「お化け屋敷ごっこ」もしょっちゅう行われている。

未就学児も何人かいるので、様子を見ようと私も外にでると、子どもたちのママたちが集まっていた。立ち話に私も加わる。

夕方に子どもたちを美容院に連れて行くと言うと、ママ友のモモちゃんがこんなことを言いだした。

――私やったげよか？　うちの子たちの髪いつも切ってるし。

重ねてりっちゃんもこう言ってくれた。

――私もやるよ。うちにハサミあるで。美容院の予約キャンセルしたらええやん。

私はびっくりしたが嬉しく、ふたりにお願いすることにした。

しばらくして、モモちゃんとりっちゃんがヘアカット道具を持ってうちの前まで来てくれた。

――ヘアゴムある？　十五センチの長さでくくらんとあかんよな。

ヘアドネーション用に、十五センチより少し長めに髪を取り、五、六束に分けて結んでいく。次女の髪はモモちゃんが、長女の髪はりっちゃんの子どもたちが結んでくれた。

いよいよカットが始まると、子どもたちは穴の開いたビニール袋を頭から被り、まずヘアゴムで結んだ箇所の少し上のあたりから二十センチ弱ほどの髪を切り落とされた。私はそれをささっと集めてビニール袋にまとめる。それから、ざんばらになった後ろ髪を、モモちゃんとりっちゃんは揃えていく。ふたりとも手慣れたもので、外側の髪をピンで留めて、内側の毛を梳きバサミで梳いていく。

家の前の路上で、立ったままの子どもたちの髪をママさんたちが切り、その周りを十人ほどの子どもたちが囲んでわいわいと眺めている。何事かと思ったのだろう、近所の人が家からでてきてずっとこちらを見ていた。次女の髪がほとんど終わりかけた頃、りっちゃんが首を振りながら長女から離れた。

——ちょっと私もうでけへんわ。モモ、続きやってや。

りっちゃんの子どもは髪をとても長く伸ばしているので、長い髪を少し切る作業には慣れているが、ショートボブにまで短くカットするのは初めてらしい。いきなり「でけへんわ」と言われて、長女は不安そうに私を見た。

モモちゃんは「えーっ！」と言いながら、長女の髪の仕上げをしてくれた。モモちゃんには乳児の子どもがいて、抱っこ紐でその子をおんぶしながら作業してくれていたのだが、このタイミングで泣きだし、モモちゃんは背中を揺すってあやしながら手早く仕上げた。

いま思えば私が抱っこしてあやせばよかったのだが、モモちゃんの勇姿に「かっこいいなー」と見とれていて気が回らなかった。カットが終わると、子どもたちは「火垂るの墓」の節子みたいな、昭和感漂うショートボブになっていた。

私はモモちゃんとりっちゃんにお礼を言って、道路に散らばった娘たちの髪の毛を掃除し、ついでに子どもたち総出で道路いちめんに描かれたチョーク画を水とデッキブラシで消した。

その夜、長女は寝る前にこう言った。

――今日、家の前の道路で友達のお母さんに髪切ってもらってるとき、不思議すぎて「これ夢なんかな」って思った。

何が不思議やったん？　と聞くと、「どっか知らない山のなかにいて、体に雪が降ってきてるみたいやった」とのこと。切られた髪が体の上に落ちるのが、雪みたいだと思ったらしい。友達のお母さんに髪切ってもらったことは不思議じゃなかった？と聞くと、

――それはぜんぜん不思議じゃなかった。

と答えた。切られているときに一瞬いねむりをして夢を見たのか……。

家の前の道路で子どもの髪を近所のお母さんが切ってくれている風景は、まるで映画にでてくる昭和三十年代の光景のようで、私にはそちらのほうが不思議で夢みたい

に思えたのだが、子どもにとっては自然な出来事だったらしい。おそらくママ友たちも、ごく自然な好意からしてくれたことだろう。その意味では、子どもたちやママ友たちによって、私のほうこそ不思議な、夢のような体験をさせてもらったかのようだ。

第五章

なぜ女装をするのか

不登校、挫折、そして恋……
「父親の圧」から逃れて自由を手に入れた

いい大学に入って一流企業に就職し、結婚して立派なマイホームを建てる。それが「幸せ」だ――。

子どもの頃に、私は父親からそういう価値観を植えつけられて育った。一九四五年生まれの父親は、高度経済成長期に国際線の航空会社で働き始め、バブル経済の恩恵を享受した世代だ。お金をたくさん稼いで家族に何不自由ない暮らしをさせて、年に何度も旅行に行き、週末にはベランダでバーベキューをする……子どもの頃に私が享受していたそんな生活は、父親にとっては絵に描いたような「幸せ」だっただろう。

だが、私にとって、父親はひたすら怖い存在だった。その怖さとは、スパルタ的に鍛えられるとか、悪さがばれるとビンタされるとか、そういう類のものではない。たとえばボールペンやハサミを使った後に、出しっぱなしにしていたり、トイレに行った後に、ドアを開けっぱなしにしていたりすると、顔を真っ赤にして怒鳴りつけてくる。こちらとしては、いきなり感情を爆発させてくるので、すごくびっくりする。一方で、友達との関わりや生きていくうえで何が大切か、というような倫理や道徳に関わることについては、怒られたことも褒められたこともない。

つまり、父親は何が好きで誰を尊敬していて、生きていくうえで何をいちばん大切にしているのか、というような人間性が見えなかった。だから一緒にいると人間ではない、何かロボットじみたものを前にしているかのようなわけのわからなさを感じ、私は怯えた。

とはいえ、平日は二十二時過ぎにならないと帰ってこないし、休日もゴルフや接待で家を空けていることが多かったので、父親と一緒に過ごした時間は多くはなかった。キャッチボールをしたり泳いだりして遊んだ記憶は断片的にあるが、思い返してみても何の感情も湧いてこない。そんな事実があったな、と思うだけだ。

専業主婦として結婚してからずっと家庭の秩序を守ってきた母親にとって、父親の価値観は疑う余地のないものだったに違いない。子どもの私にとっても、それは大きな違和感を抱きつつも、従わざるを得ないものだった。

日本とヨーロッパの間で仕事をしていた父親の希望で、物心のつく頃には毎月フランス料理店に連れて行かれたし、家の冷凍庫には父親の好きなエスカルゴが常備されていた。小学校高学年になると父親に従い、学習塾に通いだした。週に三回、学校が終わると母親の車で送ってもらい、中学受験のための勉強をした。

本ばかり読んでいたので、国語は勉強しなくても満点近い点数が取れたが、算数や理科は苦手で二十点台ばかりだった。それでも「受験が嫌だ」とは思わなかった。父親の価値観に従わざるを得なかった子どもの頃の私には、嫌だという感情自体がなかったのだ。ただ、疲れたな、めんどくさいな、と日々思っていた。

小学六年生の終わり頃に、名門校とされている私立中学を関西圏で四校、東京で二校、受験し、そのうち慶應義塾中等部と東大寺学園中学校に合格した私は、家から近い東大寺学園に通うことにした。関西では灘中学校に次ぐ中高一貫の進学校で、京都大学や東京大学への進学率がとても高いことで有名だ。京都から奈良まで、二時間近く電車を乗り継いで通学するのは苦痛だったが、受験に成功したという達成感がそれを和らげた。

だが何ヶ月か経つ頃に、とつぜん何もかもめんどくさくなった。受験が終わると勉強をする意味がわからなくなったし、友達が全くできなかった。成績は恐ろしい勢いで悪くなり、そのうち授業をさぼって図書室で本を読んで過ごすようになった。一日のほとんどの時間を誰とも会話せずに過ごしていると、孤独感に圧し潰されそうになるという以前に、リアリティがなくなってくる。自分がいまここにいるという感覚が希薄で、周りの風景は舞台セットのようにペラペラしたものに見えた。

——息が詰まる……僕のいるべき場所はここじゃない。っていうか、いま見えているものは全部作り物なんじゃないだろうか。

そんな考えで頭のなかがいっぱいになったある日、「いまここで、全力で暴れてみたらどうなるかな」と考えたことがある。教室のなかで机を引っくり返し、椅子を投げて窓を割り、大声で叫べば何かが変わるかも……。

実際に暴れている自分と、それを驚いて見ているクラスメイトや先生の姿が、白昼夢のように浮かんだ。

「やる」か「やらない」か、ふたつの選択肢からけっきょく、私は「やらない」を選んだ。その代わりに、中学三年生の一学期から学校に行かなくなった。

行ってきます、と家を出ると京都市内に向かい、いまはなき名画座「祇園会館」で、八百円払って二本立ての映画を二回ずつ観て夕方までの時間を過ごした。「風と共に去りぬ」や「ゴッドファーザー」などを観ながら、母親の心づくしの弁当を食べて缶コーヒーを飲んだりする時間は、関西でトップクラスの進学校に通うより遥かに充実していた。

だがそんな時間は長くは続かなかった。学校から親に連絡がきたのだ。親からも先生からも「なぜ学校に行かないの?」「学校に行きなさい」と何度も言われたが、そのどちらにもうまく答えることができず、適当に返事をして次の日からまた学校をサボった。

不登校の連絡がきてから一週間ほど経ったある日、帰宅するといつもは家にいる母親が消えていた。夜になっても帰ってこない。母親がそんな時間まで家を空けることは初めてだったので、不安になった私は家じゅう捜しまわり、そのうちパニックになって物を投げたりし始めた。

いまとなっては中三の男子としては動揺しすぎに思えるが、当時の私にとって専業主婦でいつも家にいる母親の存在はどこかで心の拠りどころになっていて、だからこそ安心して学校をサボれたのだろう。その拠りどころがなくなった途端に、何かとてもよくないことが起こった気がしたのだ。

止めようとしてか、私の腰をめがけて祖母がタックルしてくる。祖母を引きずって家のなかを三周したところで疲れて座りこんだ。

やがて帰ってきた父親に「お母さんどこ行ったん?」と尋ねた。

——お母さん、病気になって入院したわ。お前がちゃんと学校行くようになったら退院して帰ってくる。

――どこの病院？　何の病気なん？

重ねて尋ねたが、父親は答えなかった。自分のせいで母親が体調を崩してしまった……もしかして大手術になるかも。人工呼吸器がつけられ、何十本ものチューブに繋がれた母親の姿が頭をよぎった。

翌日、私は何かにすがる思いで学校に行き、重い足取りで家に帰ると母親の姿があった。思っていたより顔色がよく、表情も明るい。「学校行ったんやってね」と嬉しそうに話しかけてくる。

――心配して損した……。

と私は気が抜けた。同時に、人の命に関わるかもしれない局面で、交換条件をちらつかせて交渉してきた父親に、心の底から失望した。いや、もしかすると交渉することが目的で、そもそも母親は入院などしていなかったのかもしれない。考えれば考えるほど、不信感が募っていった。

――大人ってこんなもんなんや……。

この「事件」をきっかけに、私のなかで何かが完全に壊れた。学校に行っていい成績を取っていなければ、言うことを聞くいい子でなければ、自分は愛されないのだと。

そう認識してからは、学校に行く理由が完全になくなってしまった。

部屋に引きこもって昼夜逆転の生活を始めた私は、二週間に一度図書館に行くほかは、ひたすら本を読んで過ごした。そのうちにマンガ家になりたいと思い始め、オリジナル作品を描いては雑誌に投稿した。そこには、「いい大学に入って一流企業に就職し、結婚して立派なマイホームを建てる」というものとは違う種類の幸せの予感があった。


——父親とは違う種類の人間になろう。生き延びる道はそこにしかない。

そう思い詰めた私が、次に始めたのはダイエットだった。背が高く体格もよかった父親と違う人間になるにはまず体型から、と食事の量を極端に減らしたのだ。百六十センチくらいの身長に対して五十五キロほどあった体重は、数ヶ月後には三十キロ台にまで落ちた。成長期にバカなことをしたものだが、当時の私は大満足していた。

自分に自信がついた私は、外の世界に興味を持ち始めた。よく通っていた名画座でボランティアスタッフとして働きだしたのだ。大学生や社会人の友達がたくさんできて、その人たちに刺激を受けて未知の映画や本にたくさん触れた。いちばん年下だったということもあり、皆から可愛がられるのも嬉しかった。

しばらくして、愛読していた雑誌によく執筆されていたマンガ家さんたちが京都でマンガ講座を開催するらしいことを知り、受講することにした。私はせっせとメモを取り、次作を描いては持っていき授業中に講評していただいた。また、授業の後の講師の方を交えた宴会にもよく参加したので、他の受講生たちと仲良くなり、世代も生活環境もさまざまな友達が何人もできた。そのなかのひとりの、四歳年上の女の子のことを、私は好きになった。

彼女は他県から京都の美大に通う大学生だった。当時はまだスマホもケータイもなく、私は毎日のように彼女の実家に電話をかけて、朝に待ち合わせて美大までついていき、授業が終わるのを図書館で待った。図書館では手紙を書き、別れ際に渡した。手紙の内容は、その前日に彼女が話したことやしたことを振り返って細かく書いたものが多かった。

親から押しつけられる価値観への違和感、なじめなかった学校、部屋にこもって本を読み、マンガを描いて過ごした日々……私はずっと寂しかった。どうやって生きて行けばいいのかがわからなかったし、自分自身で自分のことを持て余していた。それは体のなかに得体の知れない不気味な生き物が巣食っていて、そいつの持っている欲望や衝動に振り回されているような感覚だった。

誰にも話したことがなかったし、言ってもわかってもらえないだろうと思っていた。

だが、初めて自分を受け容れてくれる人ができたのだ。私は、彼女に自分のことをすべてわかってほしかった。あなたのどんな細かいところまでも、私は見ているし覚えているよ、と伝えたかった。

さらに言えば、その手紙は所有欲の表れだった。好きになればなるほど、彼女が自分とは違う存在であることに、私は耐えられなくなったのだ。経験も、育った環境も、考えていることも、私とは全く違う。つまり、どんなに好きでも私と彼女は他人なのだ。彼女とひとつになりたかった私にとって、彼女のことを思えば思うほど、他人であるということが耐えがたく思えた。

――彼女のすべてを手に入れたい。いっそのこと彼女みたいになりたい。いや、彼女そのものになりたい……。その一心で、私は彼女の言動をひたすら書き留めては本人に渡すことを繰り返した。

私にとっての所有欲は、言い換えると、好きな相手と一体化したいという願望でもあった。大きくなったら仮面ライダーやプリキュアになりたい、と小さな子どもが言うように、私は彼女そのものになりたかったのだ。だから、彼女がこんなことを言いだしたときには驚いた。

――仙田くん、これ穿いてみなよ。

渡されたのは、彼女のスカートだった。

——私は、男の人がスカート穿いてたっていいと思うよ、似合ってるならいいじゃない。

ファッションを性別でカテゴライズするのは意味がない、と彼女は考えていたのだ。面白いな、と私は思った。私のことを誰よりも受け容れてくれている彼女が言うなら、きっとスカートが似合うんだろう。でも、スカートだけだとなんだか物足りないな……。そこで、服装を一式貸してほしいと頼んだ。翌日にはブラウスとアクセサリーも借りてデパートのトイレで着替え、口紅も塗ってもらった。そのままふたりでいつものように遊んだ。

その日いらい、私はたびたび彼女の服を着て出かけるようになった。女の子の恰好をして一緒にいると、彼女により近づいている気がした。ふたりで映画館に行ったときのこと。前方中央の席で映画を観ていると、ガラ空きの客席の後ろのほうから、おっちゃんたちが少しずつこちらに移動してきた。すぐ真後ろに何人かが迫ってきたところで、私は彼女の手を引っ張って映画館をでた。

手を繋いでやみくもに走り続け、ひと駅ぶんほど離れたところまで来ると、私たちは顔を見合わせて爆笑した。自分の体が、男性から性的対象として見られたということに、心が軽くなるのを感じた。

彼女とは二年ほど一緒にいたが、私が大阪芸術大学に進学し彼女が就職したのを機に、少しずつ会わなくなっていった。それでも私は女装を続けた。スカートを穿いて大学に通い、ブラジャーのなかにみかんを入れて街歩きを楽しんだ。通学定期券の性別欄には「女」と書いていた。女装をしているくらいでは誰も驚かず、むしろ面白がってくれる人が芸大生には多かった。特に女友達は、「可愛い」と褒めてくれたりもする。新しく付き合いだした女の子と一緒に歩いていて、ナンパされたこともある。

そうして日常生活のなかで男性としての自分を消していくことに、私は何ともいえない快楽を感じた。男性でなくなったとしても、自分自身が根底から消えるわけではなく、存在の核みたいなものは残る。女装した自分のことを「可愛い」と言われると、その存在の核が肯定された気がするのだ。

男としてはダメでも、人間としては生きていていいのだと。

こうして私は女装によって、「いい大学に入っていい会社に就職してお金をいっぱい稼げば幸せになれる」という、父親から刷りこまれた価値観とは別の価値観を手にすることができた。ただそれは入り口にすぎず、その価値観に沿って自分を確立させていくための長い道のりがここから始まるのだが。

こうして思い返してみると、私にとって父親の影響は絶大なものだった。ふだんは母親と過ごす時間のほうが長く、父親と過ごした記憶はほとんどない。にもかかわらず、父親の存在感とその圧力に悩まされていた過去を振り返ると、その大きさに驚かされる。

脱毛とは「毛のないもうひとりの私」という遊び道具を手に入れること

全身脱毛をしたい、と思い始めたのは三十八歳のときだった。長女が生まれて間もない頃に、文芸誌のグラビアページを女装姿で飾らせてもらうことになったのだ。撮影の前日、私はカミソリと除毛クリームで念入りに除毛をした。浴衣を着る予定だったので、本来なら腕と膝下だけでよかったのだが、なんとなく二の腕も腋も太ももももアンダーヘアも剃ってしまった。女装をしたのは約二十年ぶりで、毛を剃ったのもそれいらいだった。

もともと体毛は細いが量が多かったので、久しぶりに剃って地肌を見てみると、見覚えのない黒子(ほくろ)や傷跡などがいくつもあって、まるで自分の肌ではないようだ。ふだん車で通り過ぎている道を歩いてみると新しい景色を発見するように、友達の意外な一面を知って新たな魅力を感じるように、自分の体が全く知らない誰かの体のように思えた。

すべすべで触り心地がよくて、いつでも好きなときにこの体に触れると思うと、子どもの頃に両親に頼みこんで犬を飼ってもらったときのようにわくわくした。シェットランド・シープドッグの赤ちゃんが家に来た次の日の朝、私はまだ薄暗いうちに起きだして、ケージの前にしゃがんで子犬の寝顔をいつまでも見ていた。

——今日からこの子と一緒にいられる。こんなことも、あんなこともしたい。

頭のなかで妄想が広がった。私にとって除毛することは、「毛のないもうひとりの私」という、遊び相手を手に入れるようなものだった。ＶＩＯラインの除毛をしたのもこのときが初めてで、最初は違和感があったし、何十年も連れ添った毛がないのが心細く、寂しくもあった。温泉で恥ずかしくなり、前を隠したこともある。だが慣れると快適だった。

夏場でも蒸れることがないし、抜けた毛がそのへんに散らばることもない。ふとしたときに、陰毛が足の裏にくっついているのを発見するのはわびしいものだ。

グラビア撮影が終わってからも、私はたびたび女装をするようになり、女装をしないときでも全身の除毛をするのが習慣になった。全身を一度に除毛しようとすると数十分はかかるので、今日は腋だけ、今日は膝下だけ、というふうに部位を決めて、風呂に入るついでに少しずつ剃っていく。初めのうちはカミソリと除毛剤を併用していたが、除毛剤は放置時間が必要で冬場は辛いのとコストもかかるので、そのうち使わなくなった。

さらに、カミソリだと肌を切ってしまうことも多いので、ボディ用のシェーバーを買った。髭用のシェーバーとバリカンをミックスしたような機械で、刃を直接肌に当ててても切れることがないし、膝下を両方やっても二、三分くらいの時間しかかからないので、圧倒的に楽だ。

とはいえ、除毛もメイクも、かなりの手間と時間がかかる。十代の頃には時間が有り余っていたので気にならなかったが、三十代後半になって仕事や育児をしながら女装をしていると、「何のためにやってるんやろ」という疑問がときどき浮かぶようになった。一方で、「女装小説家」としてウェブ上でエッセイの連載を始めたり、女装趣味の方にインタビューをしたりするうちに、自分なりの女装観のようなものができていった。

十代の頃に、好きな女の子から勧められて女装を始めたときには、その子と一体化したいという願望から女装をしていた。それから約二十年が経ち、いろいろな女性と付き合って、結婚して、親になって再び女装をしてみると、誰かと一体化したいという願望はなくなっていた。むしろ、理想の女性像を作りたい、という新たな願望が生まれていた。

女装をして鏡の向こう側にいる自分は、他のどんな女性より可愛く見えたし（あくまで私にとってだが）、できることならその自分とセックスをしたいと思うようになった。だがそれは絶対に成就することのない願望だ。そのことがわかったうえで、それでも楽しめるのが私にとっての女装だ。

その意味では、純然たる趣味だといえる。何かの目的に奉仕するわけではなく、ただ楽しいからやっている。キャンプやサバイバルゲームが趣味というのと変わらない感覚なのだ。その趣味に欠かせない準備として、私は除毛を日常的に続けた。

私の除毛ライフは気づけば五年ほど経っていた。そのあいだにシングルファーザーとなって、子どもたちとの三人の生活が始まり、女装をする暇がなかなかなくなってしまった。それでも子どもたちが寝静まった後などに女装をすると、髭の剃り跡が気になった。女装特有のメイク法である程度誤魔化すことはできるが、青みを完全に消すことはできない。一度気になりだすと、女装をしている自分の写真の、鼻の下や顎の青みが許せなくなってくる。

これは脱毛するしかない！　と思った私は、ネットで髭脱毛の情報を集めだした。医師が監修している記事やクリニックの医師が書いている記事を読み漁り、さまざまなクリニックの口コミを調べた。その結果、クリニックやサロンで脱毛する場合は「光脱毛」という脱毛法で、痛みが弱く一回あたりの費用も少ないが、効果が出るまでに数年を要し、トータルで二、三十万円ほどかかるらしいことがわかった。

一方、病院で施術される医療脱毛の場合は「レーザー脱毛」という脱毛法で、痛みが強く一回あたりの費用も高いが、短期間で脱毛が完了するうえにトータル五、六万円に抑えられるという。合理的に考えると医療脱毛しかないと、京都市内にある病院の皮膚科に電話をして予約を取った。

当日はまず医師の診察を受ける。初老の医師から丁寧な説明とカウンセリングを受けるのだ。レーザー脱毛とは、黒い色に反応するレーザー光線を当てて、毛を育てる細胞の働きを休ませてしまう方法だ。毛には成長する時期・生え変わる時期・休んでいる時期という三つを一周期とするサイクルがあり、レーザー脱毛の効果があるのは毛が成長する時期とのこと。

ところが毛によってそのサイクルは異なるので、ちょうど成長期にある毛にまんべんなく光線を当てるには五、六回の施術が必要だという。髭脱毛の目的を聞かれて、「女装のため」と答えると、医師は目をつぶって頷いた。

その後すぐに、歯科医院にあるようなリクライニング式の椅子に腰をかけさせられて、施術が始まった。美容院でシャンプーをしてもらうときのように、顔の上半分にタオルがかけられてから、看護師さんが私の頬に保冷剤を当てていく。感覚がなくなるくらい冷えたところで、医師が機械を頬に押しつけてきた。

――……!!

飛びあがりたいほどの激痛が走った。髭脱毛の痛みは「輪ゴムで弾かれたような」と形容されることが多いが、まさに極太の輪ゴムを全力で打ちこんでこられたかのような痛さだった。一発ごとに、びくん、びくんと体を震わせる私に構わず、看護師さんと医師は次々に保冷剤と機械を押し当ててくる。十発ほど打たれたところで、あまりにじたばたしているのを見かねたのか、「ちょっと休憩しましょうか」と機械を離された。

辛いようなら出力を下げましょうか？　とも問われた。お願いしていたのはサロンで施術される場合なら最高出力にあたる強さの出力（医療脱毛としては低出力）だった。これより下げてしまうとわざわざ医療脱毛を選んだ意味がなくなってしまう、と思った私は、びびりながらも「このままでお願いします」と告げた。

何度も休憩を挟み、椅子の上で小さく飛び跳ねながら、なんとか四十ショットほどの照射に耐えた頃には背中が汗で濡れていた。最後のほうには顔にかけたタオルが外されて、サングラスをかけて施術を受けたのだが、そこからは痛みが弱まったように思う。視界を奪われるとそのぶんの感覚が触覚に集中するので、余計に痛く感じられたのだろう。

一週間ほどすれば成長期の毛が抜けて薄くなりますから、様子を見て一ヶ月後くらいにまた来てください、と言われながら椅子から降りた。

——あなたには女装のために髭をなくしたいという強い意志がおありですから、きっとまたいらっしゃると思いますので、お待ちしています。

と医師は微笑んだ。帰り道で私は何度もよろけた。一日じゅう海で遊んだ後のように顔の下半分が熱くて痛い。それに、体を固定された状態で顔面の一定の箇所に執拗に痛みを与えられ続けたことによる精神的なダメージもデカかった。

中国の拷問に、体を固定した状態で額に水を一滴ずつ垂らし続けるというものがある。丸一日これをやられると、肉体的な痛みは全くないにもかかわらず、拷問を受けている者は発狂するらしい。たしかに一、二週間ほど経つと髭は少し薄くなったが、施術時の痛みと恐怖を思いだすと、続けて予約を取る勇気がでなかった。

そうこうするうちに新型コロナウイルスの感染が拡大して緊急事態宣言がだされ、京都市内を移動するのもためらわれるようになった。宣言が解除された後も、京都市内では感染状況がほとんど変わっていないため、夏になっても私たちはほとんど家に引きこもっていた。

感染予防のためだけでなく、自粛生活が長引くうちに、どこかへ出かけること自体が億劫になってもいた。ふだんとは違う場所に行くときには、本当に行く必要があるのかを吟味するようになった。自分にとって本当に大切な場所・人・物・情報を再確認できるようになったのは、コロナ禍のもたらしたいいことだと思う。

感染のリスクを別にしても、四、五回も病院に通うのはめんどくさいな。通わずに脱毛できるならそうしたい。私はそう考えるようになった。というのも、家庭用脱毛器が気になりだしていたから。

調べてみると、脱毛器は数万ショットから数十万ショット打てるものが標準的らしく、基本は光脱毛なので医療用のレーザー脱毛よりは効力が落ちるが、効果がでるまで何年でも使えるらしい。電車賃と時間をかけて通わなくても自宅で完結できるなら、途中で脱落する可能性も低いだろう。問題は痛みだな……。

買う気満々になって商品を調べだしたものの、種類の多さに驚いた。七千円台から八万円台のものまで価格帯が幅広く、いろんなメーカーから似たようなものがたくさんでている。それぞれ微妙に機能が違うらしいが、説明を読んでもよくわからない。

二ヶ月間ほど悩みに悩んだ末に、「ケノン」を選んだ。むかし付き合っていた女の子の部屋で見かけたことがあり、「これ効果あるよ」とその子が言っていたのが記憶に残っていた。また、男性の口コミが多かったのと、子どもにも使えるというところが決め手になった。毛の話はふだんからしているので、私が除毛していることや、髭脱毛しようとしていることを子どもたちは知っている。

――パパは女装するし、髭剃り毎日するのもめんどくさいから髭なくしたいねん。他の毛も、むさくるしいから全部剃りたい。

などと日頃から話しているうちに、

――私も毛剃りたいな。腕とか足の毛気になるし。

と子どもたちも脱毛に興味を示すようになっていたのだ。いまでなくても、中学生や高校生になる頃に娘たちとも共用できれば、安すぎるくらいの買い物だと思えた。

通販で買ったケノンが届くと、私は子どもたちに自慢した。

――見てみ。すごいやろ。これでパパつるつるなるで。

子どもたちはケノンに飛びつき、さっそく腕に当ててみたりして遊んでいた。子どもたちが寝た後に、私は十段階で調節できる照射レベルを五にして恐る恐る腕に当ててみた。病院でやってもらったときほどは痛くない。保冷剤を押し当てて、感覚がなくなったところへ機械を押しつけてピカッとやると痛みはほとんどなかった。一時間ほどかけて腕と髭だけ当てたところで、疲れてきたのでやめることにした。二週間に一度のペースで照射を続けると四、五回で効果がでてくることが多いらしく、続けようと思う。

ムダ毛を処理したい一方で、髪の毛は抜けてほしくない。三十代半ば頃から前髪の生え際が気になってきた私は、さまざまなハゲ対策をしてきた。脂っこいものを控えるようにしたり、紫外線を浴びないよう日傘を差したり、界面活性剤不使用のシャンプーを選んだり、育毛剤を使ったり。子どもたちからは、

——パパ、毛を生やしたいのかなくしたいのかどっちなん？

と聞かれることもある。私は要するに、若くいたいのだろう。生まれ持った男性としての肉体が年相応に衰えていくのが怖い。だって頭の中身はまだ十六歳くらいだ。体の変化に頭の中身がついていけないとどうなるんだろうとずっと怖かった。そして四十五歳になっても頭の中身は変わらない。

いつか老人になってもこんな抵抗を続けていくのかなと思うと別の意味でぞっとする。実際に私は年齢より若く見られることが多く、いまでも二十代後半くらいですか？　と言われることもある。そのたびに、苦労してないから若く見えるんでしょう

ね、と返している。

たしかに人生経験においては苦労していないが、毛についてはそこそこ苦労しているといえるだろう。

第六章

家族ってなに？

これからの家族のかたち

宿題を嫌がり泣き喚く長女
――宿題の前にやるべきこととは

小学生になった長女にとって、大きな課題になったのは学校の宿題だった。正確には、長女のというより、私の課題だろう。このあいだまで保育園児だった子どもが、小学校にあがった瞬間に自ら宿題をやり始めるわけはない。宿題をする習慣がつくまでは親がサポートをする必要がある。頭ではわかっているのだが、宿題をやるのを毎日嫌がる長女を机に向かわせるのは、想像以上に手のかかることだった。

一年生になった最初の頃の宿題は、ひらがなを毎日一文字ずつ練習するのと、繰り上がりのない足し算引き算を口頭でする計算カードと、国語の教科書を二、三ページ読む音読だった。

学校が終わるのが十三時半から十五時頃だが、その後には学童に通わせることにしたので、宿題は学童で済ませてくるという約束をした。初めのうちは物珍しさもあったのか楽しそうにやっていたが、そのうち飽きてきたらしく、ほとんどやってこなくなった。

訳を聞くと、「友達もやってなかったから」「友達に『やらんでいい』って言われたから」など、周りに流されてのことが多いようだ。長女は争いごとを好まない性格で、たとえば友達とふたりで遊んでいるときに、友達がAという遊びをしたいと言えば、自分がBという遊びをしたくても譲ってAをやる。そんなときに、「Bやりたいねん！　Bやろうや」と主張する子どももいるだろうが、長女は自己主張すると「友達が悲しい気持ちになるかもしれないから」と、自分の思いをひっこめてしまうのだ。やたらと友達に物をあげる癖もあった。大切にしていたものや、クリスマスや誕生日にもらったものでも、惜しげもなくあげてしまう。もしかすると、本当はやりたくない遊びをやったり、あげたくないものをあげたりしなければ仲間に入れてもらえないと思っているんじゃないか……。

平和的で優しい反面、裏を返せば自己主張せずに我慢することが多い。そんな長女の性格が気になった私は、担任の先生に相談するうちに、学校のスクールカウンセラーさんを紹介された。

週に一度、一時間ほどの面談をして、その週の長女の様子で気になったことを話しあう。ふだんなら見過ごしてしまうような些細なことも、いちいち立ち止まってスマホにメモっておき、スクールカウンセラーさんに相談した。

長女との会話を通して知ることのできた、学校や学童での友達付きあいのことが多かったが、両親の離婚と引っ越しという急激な環境の変化がもたらす影響についての相談もたくさんした。こんな出来事があって、長女はこう反応したとか、こんな会話をしたけれど、そのとき長女はどんな気持ちだったんだろうとか、長女の言動をテーブルにあげて顕微鏡で眺めるようにして見つめ続けた。

やがて私のなかで、長女がこうきたときにはこう考えよう、接しようという態度が固まってきた。それまでは、これでいいんだろうか、もっと長女のためになる接し方があるんじゃないだろうか、と迷うことが多かったのだが、そうした迷いが少しずつ減っていったのだ。

長女も、私とは別に毎週一時間スクールカウンセラーさんに会いに行っていた。まだ一年生なので、話をするというよりは一緒に折り紙やお絵かき、トランプなどをして遊んで過ごす。最初のうちは緊張してほとんど喋らず、ずっと手汗をズボンで拭いていたらしいが、半年ほどする頃にはスクールカウンセラーさんを下の名前で呼んで懐くようになり、「次〇〇先生に会えるのいつ?」と聞いてくるようになった。

スクールカウンセラーさんによると、長女はさまざまな感情を抱いているにもかかわらず、それを他人に伝わるような形で外にだすことが苦手で、それゆえに誤解されやすかったり我慢することが多かったりして、ストレスが溜まっているとのことだった。その場その場で自然な形で感情を表にだすことができればストレスは軽減されるだろうから、そうなることを目標にしようとスクールカウンセラーさんと話した。時間はかかると思うけど、ゆっくりやっていきましょうとスクールカウンセラーさんは頷いてくれた。

直接的なアドバイスをもらうこともあったし、スクールカウンセラーさんが一緒に悩んでくれることもあった。長女の抱えているかもしれない苦しさを分け持ちたい、と私は必死だったし、一緒に支えてくれる人がいることが心強かった。人の苦しさに寄り添うとは長い年月を要するものだし、果てのないものである場合もある。それでも、寄り添うこと、そのために行動することが大切なのだ。そんなことをスクールカウンセラーさんから教わった気がする。

話を宿題に戻そう。長女はついに学童で宿題を全くやってこなくなったので、話しあった結果、家に帰ってからやることに決めた。私が仕事を終えて迎えに行き、帰ると十八時頃になっている。ご飯を作って食べさせて、お風呂に入れて洗濯物を取りこんで畳んでと、いちばん忙しい時間帯だ。わからないから教えてと寄ってこられても、まともに相手をできないことが多い。そのうち落書きをしたりマンガを読んだりして遊びだし、一時間経っても計算問題一問しかできていないときもあった。

私がイライラして「早くやりなさい」と言うと嫌々机に向かうものの、イライラが伝染するのか、絶対わかっているはずの問題をわざと間違えて「これでいい？」と見せに来たり、「直しなさい」と言うと消しゴムを乱暴に使ってプリントをビリビリにしたり。

困り果てた私は担任の先生に相談したり、ネットで「子ども　宿題　やらない」と検索したりして対策を考えた。宿題をやった日にはカレンダーにシールを貼る。私が問題を作り、一緒に解いてみる。興味のあるジャンルの問題をやらせてみる（長女は自然科学的な知識に興味がある）。早い段階で褒めて、その後のやる気をださせる（とりあえず一問できたら褒めるなど）。結論から言うと、どれも効果がなかった。長女は嫌々ながら宿題をしたりしなかったりしながら二年生を迎えた。

その状況が変わったのは最近のこと。コロナ禍の影響でほとんどの仕事がリモートワークになったので、迎えに行く時間を十七時半から十六時半に早めた。そして帰ってから、仕事部屋の私の机の横に置いた机で宿題をさせることにした。十五分ごとに十分休憩を挟み、わからないところは横から丁寧に教えると、あっという間に終わる。

その後にゆっくり近所の友達と遊んだりテレビを観たりできるのも嬉しいらしく、いい具合にリズムがついた。

宿題を巡る問題は、あっけなく片付いた。それはおそらく、宿題をやらせることを一旦目的から外して、スクールカウンセラーさんの手を借りながら、長女にしっかり向きあって、そのときどきの気持ちを考えることを重視したからだろう。「早く実をならせろ」とトマトの苗に向かって叫ぶのをやめて、水をやり雑草を抜いているうちに、自然とトマトの実がなっていたようなもの。

とはいえ子どもの宿題はこれからも続くし、いつまたやらなくなるかもしれず、そのときには再び悩むだろう。算数や国語とは全く種類の違う大きな問題を持ち帰ってくることもあるかもしれない。そのたびに私は、ときにイライラしながらも辛抱強く寄り添い、長女が自分らしくそれらの問題を解決していく姿を見守っていたい。

性教育に悩むパパに娘が放ったひと言……
「だって家族やもん！」

性に関することで子どもたちが悩んだとき、どう接すればいいんだろう。シングルファーザーとしてやがてそんな状況に直面するかもしれないが、私は隠さず、嘘をつかずありのままに伝えようと決めている。隠したり誤魔化したりして、そのことを子どもたちがいずれ知れば、大人に対して大きな不信感を抱くことになるだろうから。

最近、長女の耳掃除をしながらこんな会話をした。

——体は男だったり女だったりするけど、中身はそうじゃない人もいるねん。パパはお仕事でそういう人たちに会って、インタビューして文章を書いたこともあるよ。

——そういう人の話聞いて、何がいちばん印象に残った？

私は少し考えてこう答えた。

——親に言うのが怖いって人がいたよ。なかなか言えなかったって。君はもし、いまは女の子やけど、自分は本当は男の子なんやなとか、男の子になりたいとか思ったら、パパにそう言える?

長女は不思議そうに即答した。

——普通にパパに言うよ。何も怖くないし恥ずかしくもないよ。だって家族やもん。

子どもの性教育については離婚する前から考えていた。長女が三歳の頃に、『とにかくさけんでにげるんだ』(ベティー・ボガホールド、岩崎書店)という絵本を買ったことがある。この本はカナダの小学校でサブテキストとして使われているらしく、子どもを誘拐や性被害から守るために書かれたものだとネットの記事で見た。

読んでみると、公園で遊んでいるとき、デパートで迷子になったときなど、さまざまなシチュエーションで知らない人が声をかけてきたらどうすべきか、ということが書かれている。ページをめくる前に「こんなときどうする?」と考えさせる構成になっているので、寝る前に読み聞かせることにした。

——知らない人から声をかけられたらどうする?

——ついてく!!

と最初の頃には嬉しそうに答えていた長女も、何度か読むうちに、

——とにかく走って逃げる。大声を出して周りの人に助けてもらう。

と言うようになった。大人を疑うことを教えるようで悩みもしたが、一方で信頼で

きる大人がいることも伝えれば、いざというとき人に頼ることができる子になるかもしれないとも思えた。

この本の最後のほうには、親戚のおじさんの家で体を触られた女の子が、そのことを親に話すシーンがある。三歳の長女にどれほど伝わったのかはわからないが、そこは淡々と読み、

――体をべたべた触られるのは嬉しいこと？　嫌なこと？

――嫌なこと。

――誰かに嫌なことをされたらどうする？

――パパに言う。

というようなやりとりをした。親戚や、先生や、場合によっては親やきょうだいから性被害を受ける可能性もないわけではない。そうしたときにも、周りの大人を信頼して打ち明けられる勇気と知識をつけてほしかった。

私自身は、子どもの頃に性に関する悩みや不安について、親と話した記憶はない。学校の性教育の授業は、受けたのかどうかさえおぼろげだ。そもそも性について悩んだこともなかった気がする。中学二年生の修学旅行で同級生たちと温泉に入ったときに、立派な陰毛を生やしている子がいて、まだツルツルの自分の陰部を隠したことが

あるくらいだ。

いわゆる不登校児になった三年生の頃には昼夜逆転の生活を始め、深夜になるとよく、自転車で近所を徘徊していた。昼間の世界に居場所がなかったぶん、夜の世界は自分だけのものという気がした。ある日、自転車で三十分ほどかかる隣町で、エロ本の自動販売機を見つけた。当時はよく見かけたもので、自販機でエロ本が買えるというシステムは画期的だった。

何度か横を通り過ぎるうちに気になって仕方なくなり、数日後にはお小遣いを握りしめて深夜三時頃に自販機の前に立っていた。エロ本が千円、AVが三、四千円ほど、というラインナップだった。AVは高いし、エロ本は親に見つかると言い訳ができないしな……。悩んだ私は、「エロテープ」二千円を購入した。お金を入れて大きなボタンを押すと、思いのほか大きな音が響いて小さな箱が出てきた。

近所の公園で開けてみると、タイトルも何も書いていないカセットテープが一本入っている。これなら小さいし、ばれることはなかろうと、喜んで持って帰った。ウォークマンにカセットテープをセットして、恐る恐る再生ボタンを押してみると、行為中の男女の声がひたすら流れてくる。ベッドのスプリングの軋む音がリアルだった。音声しか情報がないので妄想が広がって、とても興奮した。なんとなく、喘ぎ声の感じから四十代の紳士と三十歳くらいの会社員女性、という印象を受けた。

その後もたびたび自販機に通うようになった。やがてエロ本も買うようになり、押し入れの目立たないところに隠しておいた。完全に学校に通わなくなり、高校には行かなかったので、性に関する知識はもっぱらエロ本から得ることになった。

親どころか同級生や先輩とさえ、その種の話をする機会がなかったのだ。その期間が何年も続けば、私の性についての認識は歪んだものになっていたかもしれない。あるいは、ネットが発達しているいまの時代に思春期を過ごしていたら、エロテープどころではないマニアックな方面に興味を示していたかもしれない。

幸い一年ほど経って四歳年上の女の子と仲良くなり、私の興味はエロテープから生身の人間へと移った。当時十六歳だった私にとって二十歳の彼女は遥かに大人に見えた。単なる生身の人間という以上に、その背後に私の全く知らない世界が広がっているように思えた。彼女のおかげで、私にとって性的好奇心は世界そのものへの憧れに変わった。

世界とは異性の肉体が象徴するような、享楽と恐怖にまみれた甘美なものだった。自販機から出てくるエロテープとは全く別の世界だ。

いわば彼女は、性とはフィクションではなく現実に属するもの、という認識を与えてくれたのだ。そのため私は、性的なコンテンツを教科書として性に関することを学び、それを生身の相手に試すというような発想に陥らずに済んだ。

その後も、性に関することは、自分や、大切な人や、その人が存在する世界そのものに関わることだということを、多くの人と関わって数えきれない失敗をしながら学んでいった。体の仕組み、避妊や妊娠、性病についての知識、性被害とは何かという認識、性的アイデンティティには揺らぎがあるということ、性がどれほど人間の尊厳に結びついているかということ……、等々。

振り返ってみると、すべて実地訓練で学んできたし、親や先生や本から教わったという感覚がない。

性に関することを、子どもたちに隠さず、嘘をつかず、ありのままを伝えたいと考えているのはそのためだろう。隠したり誤魔化したりして、そのことを子どもたちがいずれ知れば、大人に対して大きな不信感を抱くことになるだろうから。

たとえば、性的なコンテンツを子どもたちの前から隠したり遠ざけたりはしていない。映画を観ていて性的なシーンがでてきても早送りしないし、私の好きな『悪の華』『ぼくは麻理のなか』などの、性的な表現の含まれるマンガを子どもが読みたがると自由に読ませている。こちらから積極的に解説することはないが、子どもから聞かれたときには必要なことを簡潔に伝えるようにしている。私が子どもに映画を観せたりマンガを読ませたりする基準にしているのは、作品として優れているかどうかだけで、性的な表現が含まれているかどうかは問題にしていない。

それは、子どもたちがいずれ性に関することで悩んだときのための、下地を作っておきたいからだ。小学校低学年頃までに聞いたり読んだりした記憶を、いつまで覚えているのかはわからない。だが物心ついて人格形成をしていくうえでの下地にはなるんじゃないだろうか。

体の仕組みや変化、性愛にまつわることは、恥ずかしいことでも穢れたことでもない。そんな認識を下地として持っていてくれれば、大きくなって父親である私に話しづらいことができた場合でも、友達のお母さんや、年上の友達に相談したり本を読んだりして、正確な情報にアクセスすることができるだろう。

もちろん、私に聞いてきたときには必要なことを簡潔に伝えるつもりではいる。だが思春期になった娘が父親に、性に関する疑問や悩みを打ち明けるとは考えにくい。だから私にできるのは、いまこの時期に下地を作っておくことくらいではないかと思っている。

児童虐待かも!? 通報はしたけどモヤモヤが残る

子どもが生まれてから、児童虐待のニュースがどれも他人事とは思えなくなった。虐待された子どもが自分の子どもの姿に重なるからだろう。さらには虐待をした親のことも、追い詰められていたんだろうな、どんな人生を送ってきた人なんだろう、と想像してしまう。

胸が抉(えぐ)られるように苦しくなったり涙が流れたりすることもある。どうしてこんなことになったんだろう、と記事を何度も読み返して状況を思い描いたり、何か自分にできることがあったのではないかと無力感に襲われたり。

もし、そんな親子が身近にいたとしたら、どう関わればいいのだろう？ 街を歩いていて、子どもに激しい声で怒鳴り散らしている母親らしき女性を見かけることがある。すれ違う人たちが何度も振り返って見ているのにも気がつかない様子で、大きな声で怒鳴り散らしながら足早に進んでいる。その後ろを、かなりの距離を空けて泣き叫びながらついていく子ども。

状況はいつも似ていた。女性は全く周りの目を気にせず大声をあげていて、周りの人たちも誰ひとり声をかけない。私もそのひとりだった。

たとえば街なかで体調を崩して倒れている人に声をかけて助け起こしたり、駅員さんや店員さんを呼んだりしたことは何度もある。そして、たいていの場合、私だけではなく何人かの人が一緒にいて、皆で協力しあって助けていた。だが子どもを怒鳴りつけている女性に、近寄ったり話しかけたりしている人は見たことがない。私自身、何かしたい、何かしなければと思うものの、どう関わっていいのかわからず、近寄ることも声をかけることもできず、ただ目で追って終わってしまう。女性と子どもの、どちらに声をかければいいのかも、どう声をかければいいのかもわからない。

それ以前に、端的に怖かった。ものすごい形相で、きつい言葉を子どもに浴びせている人の精神状態は私の理解を超えていて、よくわからないもの、未知なるものに対する恐怖心を掻き立てられた。関わり方を間違えれば女性は余計に逆上するかもしれないし、家に帰ってから子どもにもっときつく当たるかもしれない。

いや、たまたま今日はイライラしているだけで、ふだんは優しいお母さんかもしれない。そもそも他の家族の問題に首を突っこむべきではなかったのだ。そう考えて、声をかけなかったことを正当化しようとするが、何年も経ったいまでも思いだすことがある。

——あの後、あの子はどうなったんだろう。どんな家に住んでるのかな。家族構成は……？

児童虐待のニュースを見るたびに、あのときの親子じゃないかと考えてしまうのだ。ずっと気にかかっていた、そんな親子のことを、別の角度から考えさせてくれたのは、島田妙子さんの自伝的エッセイ『虐待の淵を生き抜いて』（毎日新聞出版）だった。

幼い頃に両親が離婚し、島田さんはふたりの兄とともに父親に引き取られた。優しく子煩悩だった父親が変わったのは、数年後に再婚したことがきっかけだったという。まだ二十代前半だった継母は、最初は島田さんたちと仲良く暮らしていたが、自身が妊娠した頃から辛く当たるようになった。次第に父親もそれに加わるようになり、島田さんたちは激しい暴力と育児放棄にさらされた。その状態は数年間続き、信頼していた担任の先生に訴えたことでようやく終わる。島田さんは児童養護施設に預けられ、十五歳までそこで暮らした。

強く印象に残ったのは、父親が島田さんの頭を押さえつけて風呂の湯に沈め、息ができなくなる寸前で引き上げたとき、別室にいる継母に向かって父親が「もう……これで気ぃすんだやろ」と口にしたというエピソード。

報道される児童虐待事件の多くは、シングルマザーの家庭や、シングルマザーが再婚して作ったいわゆるステップファミリーの家庭が舞台となっている。島田さんもステップファミリーの家庭で育ったのだが、最悪の事態になることは免れた。

大人になった島田さんは、父親とも継母とも和解し、虐待の加害者を支援するための活動を始めた。虐待の加害者となる親を救うために、全国で講演会を始めたのだ。虐待の連鎖を断ち切るには、まず加害者の苦しみを取り除くことが大切、という考えがその根底にあるのだろう。もっと言えば、被害者という立場から抜けでて、加害者がそうせざるを得なかった背景を想像し、共感することで、被害者自身が楽になれるということ。

池袋の高齢ドライバー暴走事件で妻と子どもを喪った松永拓也さんにも、島田さんに近い思いがあるのではないだろうか。高齢ドライバーによる交通事故を減少させるために、署名活動や国交省への働きかけ、メディアを通しての訴えを続けている松永さん。高齢者の免許更新の頻度を増やしたり、公共交通機関を利用する際の補助を拡充したりすることなどを求めながら、高齢者を責めないことや、車がなければ生活できない地方での移動手段の確保の問題も、松永さんは訴えている。

島田さんも、松永さんも、私には想像を絶するような辛い経験をされているはずだが、辛さに圧し潰されてしまったり、加害者への憎しみに支配されてしまったりはしていない。むしろ、加害者のことを理解し、共感するところから前に進もうとされている。その姿に触れるたびに、私はとても勇気づけられる。

図らずも加害者となって、子どもを亡くしてしまった船戸優里さんからも。目黒虐待事件として報道されたときから気にかかっていた私は、優里さんの手記『結愛へ』（小学館）が刊行されるとすぐに読んだ。十九歳で出産してすぐに離婚し、シングルマザーとして結愛さんを育てていた優里さん。その期間は、豊かではないながらもふたりで仲睦まじく暮らしていたことがわかる。

結愛さんが三歳のときに、優里さんは再婚する。最初は結愛さんとも仲良くしていた再婚相手だったが、優里さんがふたり目の子どもを出産したあたりから、徐々にしつけと称してさまざまな制限を課していく。

食事制限に運動、読み書き……とても未就学児に要求するものではない制限を、結愛さんが守れなければ果てしない説教が始まり、やがて暴力がふるわれる。

結愛さんの腹部がサッカーボールのように蹴り上げられるのを目の当たりにした瞬間、「心をおおっているものにひびが入り、ガラガラと音を立てて崩れ落ちた」と優里さんは語っている。この光景は何度もフラッシュバックし、優里さんは次第に、結愛さんの受けている暴力について考えたり、結愛さんの体に触ったりすることができなくなっていく。

一方で、再婚するまでのあいだの結愛さんに関する記憶は鮮明だ。朝起きると、先に目を覚ましていた結愛さんがこたつに入ってみかんを食べていたというエピソードが私は好きだ。結愛さんが得意げに手を伸ばした先を見ると、皮が剝かれた八個のみかんがひと粒ずつ並べられ、きれいな正方形がいくつもできていたという。それを見てふたりで笑いあった。

何でもない日常の光景で、育児に追われていると案外、こうした小さな出来事は忘れてしまうものだ。それをここまで鮮明に覚えているということは、何度も思い返したり、結愛さんとの会話のなかででてきたりして、優里さんのなかで充分に言語化されていたのかもしれない。ここに見られるのは、子どもへの愛情に満ちた「普通」の親のまなざしだ。

それがなぜ、再婚相手によるわが子への虐待を容認することに繫がったのだろうか。報道で大きく取り上げられた「もうおねがい　ゆるして」という一節の含まれる結愛さんの「反省文」は、優里さんと再婚相手に向けられたものとされていた。が公判で明らかになったのは、その文章は優里さんが横に座り、添削して何度も書き直させたもの、ということだった。つまり、再婚相手を怒らせないような、さらなる仕打ちを受けさせないような言い回しを考えることで結愛さんを守っていたのだ。再婚相手から心理的DVによって支配されていた優里さんにとって、それは最大限の、子どもを守るための抵抗だった。

そう考えると、「鬼母」に強いられたと報道されていた「反省文」が、実は極限状態のなか母と子のあいだで交わされたラブレターのように見えてくる。優里さんを担当した弁護士は、かつて連合赤軍事件の永田洋子の弁護人だった。弁護士は、事件について優里さんにこう語ったという。

「強い兵士になりたくて、こなしきれない課題を与えられ、お互いを殴り合って、鍛え合っていたつもりが、次々に死んでいった話。彼らは信じ合っていたし、憎み合っていたわけではないらしい。正しいと思うことのために頑張り過ぎて、仲間が死んでいくことを誰も止められなくなってしまったという。頑張り屋さんたちの閉ざされた世界では、愛していても起きること。だから、私が結愛を愛していたことは疑わないと言ってくれた」

「頑張り屋さんたちの閉ざされた世界」ではないところで生きていれば、ふたりはいまも笑って暮らしていたのではないだろうか？　加害者でありながら最愛の子どもを喪った被害者でもある優里さんの言葉に、私は大きな悔しさとやりきれなさを感じた。『結愛へ』を読んでしばらく経った頃、私は「虐待を受けているかもしれない子どもがいる」と警察に通報した。詳細はここには書けないが、客観的に見て命に関わる状況だったのでためらいはなかった。

すぐに警察官が何人か家に来て、詳しい事情を聞かれた。翌日には電話がかかってきて、子どもの母親と近所の人たちに聞き取りをしたが、母親は事実を否認したこと、児童相談所と情報共有をしたことを告げられた。やれるだけのことはやったわけだが、何とも頼りなかった。問題は解決したのか、そもそも問題はあったのか、さえも知ることができない。

――あのお母さんと友達になれたらな。愚痴ならいくらでも聞くのに。

そう強く思った。

周囲の人が虐待の兆候を見かけたときには「１８９」に電話をかけてください、というポスターを役所や駅でよく見かける。だが、それよりも必要なのは、「頑張り屋さんたちの閉ざされた世界」のなかで最愛の子どもを叩いてしまう親たち本人が、「苦しい」「助けてください」と駆けこめる場所ではないだろうか。

親として生きることは、子どもとして生き直すこと

子どもは私にとって他人だった。

生まれる前からそうだった。父親と折りあいの悪かった私は自分が父親になることが怖くてたまらず、元妻の出産に立ち会った日も家でウイスキーをひと瓶近く飲んでいた。深夜二時頃に病院から電話がかかってきて、すぐに外にでてタクシーを捕まえた。病院名を告げて、急いでくださいと言うと運転手は猛スピードで車を飛ばした。

当時住んでいた吉祥寺駅の近くから武蔵村山市にある病院まで、一時間はかかるところを四十分くらいで移動しただろうか。あまりにも猛スピードだったので、事故って死んだらどうなるんやろ、と思った。

病院に着いて、痛がっている元妻の腰を義母と一緒にさすっていると「違う！　そこじゃない」と元妻に怒られた。そのうち、元妻は聞いたことがないほど大きな声で叫びだした。ライオンとか熊とか、強い動物が傷ついて痛がっているとき、こんな声

をだすのかも、と思った。

部屋を移動して、元妻が分娩台に乗せられると、私は頭の側に回った。片手を首の下に入れて頭を支え、片手で手を握る。声をかけてあげてください、と看護師さんに言われたが、言葉がでてこなかった。元妻が痛そうで苦しそうで、このまま死んでしまうんじゃないかと怖くなった。

どれくらいの時間が経っただろう、元妻の脚のあいだから、助産師さんが何かを抱え上げた。元妻の声が急に途絶え、代わりにか細い泣き声が聞こえた。

泣いていたのは、小さくて皺くちゃで血まみれの、肉の塊だった。その形と色を見た直後、私は分娩台から離れてトイレに駆けこんだ。そして吐いた。立ちこめる羊水と血の匂いに、大酔い状態で数十分タクシーに揺られていた胃は耐えきれなかったのだろう。

うがいをして分娩台の横の椅子に戻ると、助産師さんがタオルにくるまれた物を持ってきて私に渡した。初めて両腕に抱いたそれは温かく柔らかく軽く、アルコールとは全く別のもので私の体を奥のほうから丁寧に温めていった。

――可愛い？

――写真撮ってあげて。動画も撮ってあげてね。

ついさっきまでライオンみたいに叫んでいた元妻は、いつも以上にいつもの声でそう言った。

──ありがとう。

胸のなかはそのひと言でいっぱいになったが、私はその言葉を伝えられなかった。ただ腕に抱いている肉塊から伝わってくる安心感と喜びに陶然としていた。

──可愛いなあ。

一ヶ月後に元妻が実家から吉祥寺のアパートに戻ってきて三人での暮らしが始まると、子どもの顔を見るたびに心のなかでそう呟いた。元妻の前ではその言葉を言えなかった。彼女が風呂に入っているあいだに、子どもの頬っぺたや手を触って、「うー、あばばば」と子どもの声を真似して話しかけた。

子どもが夜泣きをすると、元妻と交代で抱っこした。立って抱っこして「上を向いて歩こう」を歌っていると寝るときもあったし、抱きながらベッドに座って上下に弾んでいるうちに寝るときもあった。子どもの状況は刻一刻と変わっていき、昨日は通用したことが今日は使えなくなった。

その変化に無我夢中で応じているうちに、私は嫉妬にかられ始めた。私に抱かれているときには大泣きしている子どもが、元妻に抱かれるとすっと泣き止む。私は必要ではないのかなと思った。だが私がいなければ元妻は疲弊してしまう。嫉妬というより悔しかった。そんなことを、当時勤めていた会社の上司に話した。すると彼はこう言った。

――泣くたびにお母さんに渡してたら、子どもは泣いたらお母さんに抱っこしてもらえるって学習する。それだといつまで経ってもお父さんに懐かないから、泣いても抱っこしていたほうがいいよ。お母さんには横にいてもらって、頭を撫でてもらう。そしたら子どもは安心する。

実践してみると、私の腕のなかでママを求めて泣き喚くわが子を押さえつけているのは辛かった。その横で頭を撫でている元妻も辛かっただろう。でも数ヶ月も経つ頃には、子どもは私の腕のなかで安心してくれるようになった。

二歳の頃に、子どもが死にかけたことがある。吉祥寺の雑居ビルの五階にある不動産会社で、私と元妻は引っ越し先候補の物件の図面に見入っていた。するといきなり店員さんが、「危ないよ」と焦ったような声をあげた。

子どもが床に置かれた箱の上に立ち、窓から身を乗りだしていた。頭と上半身が窓の外にでている。私は走っていき、子どもの腰に飛びついた。

家に帰ってから、その瞬間のことが何度もフラッシュバックした。もしあのまま気づかなかったら、子どもは落ちて死んでいたかもしれない……そう思うと鳥肌が立ち、涙が流れた。

――もう窓に近づいたらあかんよ。落ちたら痛い痛いなるから。ベランダでるのもやめよな。

寝る前にそう言うと、子どもは不思議そうにじっと私の顔を眺めていた。その日からアパートのベランダには絶対にださないようにしたし、引っ越し先は一階にした。

やがて次女が生まれ、子どもは長女になった。下にできた子を構いすぎると、上の子はそれまで自分が独り占めしていた愛情を奪われたと感じて赤ちゃん返りをして、注目を引こうとすることがあるらしい。それを恐れた私は、何かにつけて長女を優先した。そのせいか長女はとてもパパっ子になった。

逆に次女はママっ子で、ママと離れると泣き喚き、私の腕のなかにいると身をよじってママのところに戻りたがった。だが次女には、それでも抱っこし続けて慣れてもらうことをしなかった。私は長女担当だったし、ふたり目なのでどこかで大雑把になってもいたのだろう。

そのせいか、次女への接し方がうまく摑めずにいた。はっきりと摑めたのは、次女が一歳の頃。次女とふたりでお菓子の空き箱で遊んでいたとき、とつぜん次女がニカっと、心から楽しそうに笑ったのだ。

――この子はこういうのが好きなんだ。

と思った途端に、次女の感情が胸のなかに流れこんできた。その日から、私は気持ちのうえで次女とも繋がれた気がした。

離婚をしてしばらくのあいだ、子どもたちは「また四人で暮らしたい」と繰り返していた。親が離婚しても、子どもたちにとっては大好きなパパとママであることには変わりがない。

でも四人で暮らすことはもうできない。そのことを私は伝えることができなかった。「本当はサンタクロースなんていないんだよ」と告げるのに似た残酷さを感じたのだ。つまり、もう四人で暮らすことはできないと告げることで、子どもたちが大切にしている夢や希望を潰してしまうことになるのではないかと。

特に長女は五歳で、ある程度の物事がわかる年齢になっていた。だからその話題になるたびに、「難しいね」「パパとママ、一緒にいると喧嘩になるから」などと曖昧な返事ばかりしていた。

ところがこのことをまたある人に相談したところ、「子どもには何事も嘘をつかず、隠さず、本当のことを伝えたほうがいいですよ」とアドバイスを受けた。その人にはもう成人したお子さんがいるのだが、その子が小さかった頃の性格が、私の長女の性格に似ているというのだ。たしかに、子どもを傷つけないために嘘をついたり隠したりするのは、親のエゴイズムだな、と思った。誤魔化されていたことを後で知れば、そのほうが子どもは傷つくだろうと。

だがなかなか言えなかった。ようやく口にできたのは、一年半ほど経った頃。ある日、寝る前に長女が「パパとママって離婚したん?」と聞いてきたのだ。いましかない、と私は思い、「そうや。離婚してん。だから、もう四人では一緒に暮らせない。でも、パパもママも君たちのことが大好きだし、離婚しても会いたいと思ったらいつでもママに会えるよ」と伝えた。

ふたりは私の目をじっと見て頷いた。その日いらい、四人で暮らしたいとは言わなくなった。

振り返ってみると、幼児の頃から、子どもたちは私にとって他人だった。どう接すれば人間どうしとして誠実な関係を結べるだろう、ということばかり模索してきた。親として子どもに接するというよりは、ひとりの人間として子どもに相対することを心がけてきたのだ。そのようにして私は、子どもたちと一緒に、親として少しずつ成長してきた気がする。

というのも、ひとりの人間として接するなかでも、否応なしに親子であると感じさせられることがたびたびあるからだ。

たとえば子どもたちを保育園や学童に送り迎えしているとき。私は子どもの頃に通ったのと同じ道を、同じ風景を見ながら歩くことになる。そして、

――パパが小学生の頃、この川の橋の下を秘密基地にしててんで。

――子どもの頃、ここによく捨て猫がいてな、家に連れて帰ったら怒られて、また戻しに来たんよ。

――この川でザリガニ釣りしたことがあってな、めっちゃ釣れてんで。

と、子どもの頃の話をすることがよくある。すると子どもたちは、秘密の遊び場所の話や、見かけた猫の話や、保育園で飼っているザリガニの話をしてくれる。

そんな会話をしていると、子どもの頃の記憶が目の前の子どもたちに関する記憶と混ざりあって、自分ももうひとりの子どもになって歩いているかのような錯覚に陥ることがある。子どもの頃に戻っているのではなく、いまを子どもとして生きているという感覚だ。

子どもとして生き直すことで、子どもたちと同じものを見て同じことで笑い、同じ驚きを感じること。私にとってはそれが、親子の繋がりであるように思える。

子どもと接するうちに自分の子ども時代を追体験して、それを子育てに反映する、というのとは少し違う。親でありながら子どものひとりとしてそこにいて、自分のなかの子どもも一緒に育てている感覚に近い。だから子どもたちがたまに、

――パパの作る料理どれも美味しいよ。

――やった！　明日はパパのお弁当食べれる！

と喜んでくれたときなど、親として嬉しいがそれ以上に、子どもたちに成り代わって一緒に喜んでいるときがある。

私のなかの子どもも、子どもたちと一緒に成長していき、いつか私がいなくなった後も子どもたちのそばにいて、喜びも悲しみも分ちあってくれるのではないかと願っている。

卒園式の日の「ありがとう」

その日は、朝から雲ひとつない青空が広がっていた。

目覚まし時計よりも早く目を覚ました私が声をかけると、子どもたちもすぐに起き上がる。パンを焼いて食べさせ、着替えをさせた。次女はふだん通りの恰好だが、長女はピンク色のワンピース。私も数年に一度しか袖を通さないスーツに着替えた。

これから、長女の卒園式がある——私も、たぶん長女も緊張していた。

次女を近所のママ友に預けるとふたりで保育園に向かった。玄関の「卒園式」と書かれた看板の前で長女と並び、近くにいたママ友に写真を撮ってもらう。私はなんとなく笑っているが、長女は不安げな顔でカメラを見つめている。緊張しやすく、初めてのシチュエーションでは周りをよく見て行動するタイプなのだ。

いつもの教室に入ると、すでにほとんどの子どもと保護者が集まっていた。男の子はスーツやジャケット姿、女の子は色とりどりのワンピース姿で、なかには振袖を着て髪をセットされている子もいる。夫婦で来ている保護者も多く、狭い教室は入りきれないほどの人で埋まっていた。

時間になり、まず保護者がホールに移動した。子ども用の椅子が並べてあり、そこに各子どもの保護者代表がひとりずつ座る。それ以外の保護者は後ろの長椅子に並んで座った。その後で十七人の子どもたちが、先生に連れられて入場する。最初に子どもたちと担任の先生が舞台に上がり、歌を歌った。そのまま子どもたちだけが舞台に残り、「年長組の思い出」をひとりずつ発表していく。

進級、遠足、お泊りキャンプ、七夕、夏祭り、プール、芋掘り、運動会、クリスマス会、お泊り遠足、生活発表会……。一年間の行事や友達との関わり、できるようになったことなどを、子どもたちは口々に語っていった。長女は、大きな声ではっきりと、「運動会では夢に向かって頑張った」と言っていた。

この一年間さまざまな行事に参加したときや、送り迎えのときに見た子どもたちの笑顔や喧嘩をして泣いている顔、何かに挑戦してできなかったときの悔しそうな顔、達成できたときの得意げな顔が、次々と浮かんでは消えた。

長女を仲間に入れてくれて、一緒に遊んで一緒に成長してくれて、ありがとうな——心からそう思った。十七人ひとりひとりに六年ぶんの成長とこれからの人生があり、これまで大事に育ててきた家族がいるんだな、という当たり前のことも。

子どもたちが席に着くと、園長先生からの祝辞と、担任の先生の挨拶があった。担任の先生は園でも指折りのベテランの先生だが、涙もろく行事のあるたびに泣いていて、この日も頬に涙を伝わせながら、でも笑顔で子どもたちに言葉を贈ってくれた。

そして卒園証書の授与。ひとりずつ名前を呼ばれると、子どもたちは立ちあがり、園長先生から卒園証書を、担任の先生からはそれをしまう筒をもらう。

――おめでとう。

――ありがとう。

そう受け答えをしてから、後ろに座っている私たち保護者のところに来て、「ありがとう」と卒園証書を渡す。受け取った保護者は「おめでとう」と受け取るのだ。保護者は鼻をすすっていたり、言葉が胸に詰まるのか、声が出ていなかったり。泣いている子どもも何人かいた。

やがて長女の番になった。卒園証書を受け取り、こちらへまっすぐ歩いてくる。私の前で立ち止まると、卒園証書を両手で差し出して、

――ありがとう。

とこちらを見あげた。白い紙の向こう側で、長女の顔はとても小さく頼りなく見えた。不安げで、緊張している……。私は卒園証書を受け取り、

――おめでとう。

と声をかけようとしたが、声が出なかった。代わりに、足もとに涙が落ちて小さな水溜りができた。ありがとう、と長女に言われたことは数えきれないほどあったし、毎日寝る前に「パパ、ありがとう」と言ってくれる。おめでとう、と長女に言ったことも数えきれないほどある。

でも、このときに聞いた「ありがとう」は、それまでに聞いたことがない類のものだった。そのひと言から、たくさんの記憶が頭のなかでフラッシュバックしたのだ。

長女が生まれた日、初めて抱っこして、軽さにびっくりしたこと。膝の上で離乳食を食べさせると顔をくしゃくしゃにして笑ったこと。

三歳の頃に風呂場で転倒して、手が痛いと泣き叫ぶので救急車を呼んだが、ただの打撲で湿布だけもらって帰ったこと。夫婦仲が悪くなってからは、何度も夫婦喧嘩をしているところを見せてしまったこと。

京都に引っ越してから、赤ちゃん返りして泣き喚いたこと。週末になるたびバスや電車に乗って、遠くの公園や動物園に出かけたこと。一年間、保育園の年長組で過ごすうちにたくさんの友達ができたこと。逆上がり、なわとび、竹馬、タイヤ飛び、できることがどんどん増えて世界が広がったこと。

長女と一緒に過ごした六年間がすべて、一瞬で戻ってきて目の前に広がった。大きなケガも病気もなく、ここまで大きくなってくれてよかった。長女が口にした「ありがとう」は、私に向けられたものでありながら、私を通して長女が出会ったすべての人々や、それらの人々が暮らしている世界そのものにも向けられていた。

目がくらむほど大きな「ありがとう」のなかで、私は小さな力を振り絞るようにして、やっとのことで「おめでとう」と口にして、長女の背中を少しだけ押した。

——赤ちゃんだった頃を思えば、私のしてやれることは本当に少なくなったな。

長女が席に戻り、私も座ったが、涙が止まらなかった。ハンカチを持ってきていなかったので、手で拭ったが、涙も鼻水も後から後から溢れてくる。そのうち声も出てきて、私はしゃくりあげるような声を必死で押し殺しながら、卒園証書授与が終わるまでずっと泣いていた。

卒園式が終わると、子どもたちは一旦教室に戻った。今度は保護者たちが舞台に上がって、先生たちがホールのなかを片付ける。椅子がすべて取り払われて空っぽになったホールに、担任の先生に連れられて子どもたちが入場してきた。

スーツやワンピースから、お揃いの染めシャツと半ズボンに着替えている。年長組になってすぐの頃に、子どもたちが白いTシャツに輪ゴムで絞り跡をつけて作ったもので、保護者も同じようにして作ったものを持っている。お泊りキャンプや運動会のときには親子で着用して、年長組の子どもと保護者全体でひとつのチームになって一緒に応援したり出し物をしたりするのだ。年度によって色が違い、卒園児が夏祭りや運動会などに遊びに来るときに着てきたりもする、この保育園を象徴するようなユニフォームといえる。

やがて担任の先生がピアノの前に座り、曲を弾き始める。その曲に合わせて、二、三人でひと組になり、あるいは皆で一緒に、軽い体操をする。寝転がった状態からパンダのポーズで起き上がったり、トンボのポーズで一周したり、ふたりで手を交差させて繋ぎながらスキップしたりと、どれもシンプルな運動だが、腹筋や体幹バランスなど、子どもたちの基礎体力が着実についていることがわかるものばかり。

成長過程に合わせた無理のない遊びや運動をさせる、というのがこの保育園の方針だった。たとえばお絵かきするときにも、年齢が上がるにつれて少しずつ細いペンを握れるようにしていくと、小学生になる頃には自然に鉛筆を握れるようになっているという。その順番を無視して、早すぎる段階からひらがなを書く練習をさせたりすると、文字を書く以前に鉛筆をちゃんと握れなかったりするらしい。そうした方針のもとで自然にそれぞれのペースで成長してきた子どもたちの体の動きを見ていると、とても美しい動物の群れに出会ったかのようだった。

窓から入ってくる春の午前中の柔らかな光。子どもたちの笑顔と笑い声。古びたホールのなかに響くピアノの音。厳粛な空気から一転して、力の抜けた、どこか誇らしげな子どもたちの姿を一時間近く見て、卒園式の第二部が終わった。

最後に子どもたちと保護者が渡り廊下の両側に並んで手を取り合い、アーチを作って、その下を先生たちが退場していった。保護者にとっては、自分の次に長い時間、子どもを見ていてくれた人たちだ。そこここで聞こえる「ありがとう」と「おめでとう」の声にはそれぞれの実感がこもっていた。

家に帰るまでのあいだ、長女は何人かの友達と一緒に残って、園庭で少し遊んだ。「写真撮って」と言われて、鉄棒で逆上がりをしたり、タイヤ飛びをしたりする姿や、友達や先生と一緒にいる写真をたくさん撮った。

小学生になれば、親が子どもに関わる機会や保護者どうしの付き合いはぐっと減ると聞く。何から何まで子どもと二人三脚で過ごす日々は、今日で終わったんや……。まだまだ子育ては続くが、いちばん長く濃い章がついに終わったと思うと、達成感を抱いたが、寂しくもあった。

帰り道、長女と同じ小学校に子どもが行くことになるママさんと一緒になった。

――私、卒園式で泣きそうやったんやけど、仙田さんが後ろでずっとしくしく泣いてるから、うるさくて泣けへんかったわ！

思わぬクレームを受けたものの、卒園式はぶじに終わった。

おわりに

その日から一年半ほどが経ち、長女は小学二年生になった。一年後の春には次女が保育園を卒園する。三人での生活が始まってから、二年半が経とうとしている。保育園や学校で子どもたちが出会った友達や、近所のママ友たちのおかげで、私たちは新しい土地で暮らしていくための基盤を、どうにかこうにか作ることができた。

子どもだった頃、私にとって家族とは自分を縛りつける鎖のようなもので、それに属していると考えるだけで苦しくなった。結婚してからは、家族とは安心できる、心の拠りどころになるものだと気がつき、大切にしていたつもりだったが、壊れてしまった。私なりの家族のあり方が見えてきたのは、シングルファーザーになってからのことだった。

世界でいちばん近い存在だからこそ、わからないことが多く、大切にしているからこそ間違えてしまうこともたびたびある。それでも何度でもやり直せるし、そもそも正しいあり方なんてない。ただ、ないがしろにしていると壊れてしまうこともある。

だから、いつも一生懸命考えたり、行動で表したりして、守っていかなければならない。それが、家族である子どもたちから教えられた、愛の形だ。

そして、そんな愛の形を守りながら、私は家族のためにやりたいことを犠牲にするのではなく、心からやりたいと思うことを実践していきたい。いつか死ぬときに、「あれやっとけばよかったな」と後悔したくないからだ。たとえば女装もそのひとつ。私は私らしくあるために、ときどきメイクをしてワンピースに着替え、人前に立ったり遊びに出かけたりする。

子どもたちが思春期を迎え、肉体的にも精神的にも性を意識し始める頃になってもしこの本を読むことがあれば、私に嫌悪感を抱くかもしれない。性の目覚めは自我の目覚めでもあるから、父親の女装姿に、自分を確立していくうえで混乱してしまう可能性もある。あるいは、私が苦しんだ父親からの重圧を全く感じないまま、伸び伸びと成長するかもしれない。

本書では、このように趣味でときどき女装をするシングルファーザーの私が、ふたりの娘たちと一緒に暮らしながら、家族や愛や性について考えたことを書き連ねてきた。書き洩らしたこと、あえて書かなかったこともたくさんあるが、それらについてはまた別の機会に譲ることにする。

これからどうなるのかはそのときにならないとわからないが、私としては、思いもよらなかった変化が起こり、子どもたちがどう変わっていこうと、そのときそのときの自分や子どもたちに嘘をついたり隠しごとをしたりすることなく、私たちなりの家族のあり方を柔軟に探していきたいと考えている。

仙田 学
（せんだ・まなぶ）

1975年京都生まれの小説家。2002年に小説「中国の拷問」で第19回早稲田文学新人賞を受賞。文芸誌を中心に小説、エッセイ、書評などを執筆している。Web連載も多数あり。著書に『盗まれた遺書』（河出書房新社）、『ツルツルちゃん』（オークラ出版）、共著書に『吉田健一ふたたび』（冨山房インターナショナル）がある。趣味は女装とサイクリング。

Twitterアカウント：@sendamanabu

本書はcakesで連載中のエッセイ『女装パパが「ママ」をしながら、家族と愛と性について考えてみた。』（２０２０年４月〜）を書籍化にあたり、加筆・修正したものです。

ときどき
女装するシングルパパが
娘ふたりを育てながら考える
家族、愛、性のことなど

2020年11月16日　第1版第1刷発行

著者　仙田 学

発行所　WAVE出版
〒102-0074 東京都千代田区九段南3-9-12
TEL 03-3261-3713　FAX 03-3261-3823
振替 00100-7-366376
E-mail：info@wave-publishers.co.jp
https://www.wave-publishers.co.jp

印刷・製本　中央精版印刷株式会社

NDC914 203p 19cm ISBN978-4-86621-311-8